音乐是比一切智慧、一切哲学更高的启示。

——贝多芬

杨汝青 著

钢琴女孩成长记

GROW UP

黄河出版传媒集团

阳光出版社

图书在版编目（CIP）数据

　　钢琴女孩成长记 / 杨汝青著. —— 银川：阳光出版
社，2017.5
　　ISBN 978-7-5525-3601-0

　　Ⅰ.①钢… Ⅱ.①杨… Ⅲ.①纪实文学－中国－当代
Ⅳ.①I25

　　中国版本图书馆CIP数据核字(2017)第083559号

钢琴女孩成长记　　　　　　　　　　　　　杨汝青　著

责任编辑　贾　莉
封面设计　晨　皓　魏　佳
责任印制　岳建宁

黄河出版传媒集团
阳 光 出 版 社 出版发行

出 版 人　王杨宝
地　　址　宁夏银川市北京东路139号出版大厦（750001）
网　　址　http：//www.yrpubm.com
网上书店　http：//www.hh-book.com
电子信箱　yangguang@yrpubm.com
邮购电话　0951-5014139
经　　销　全国新华书店
印刷装订　宁夏银报印务有限公司
印刷委托书号　（宁）0004898

开　　本　880mm×1230mm　1/32
印　　张　9.5
字　　数　200千字
版　　次　2017年5月第1版
印　　次　2017年5月第1次印刷
书　　号　ISBN 978-7-5525-3601-0
定　　价　28.00元

目 录
CONTENTS

CHAPTER·1

我的丑小鸭

追梦

专业之路

2014 年 8 月 22 日，凌晨的广州新白云机场并没有因为入夜而安静下来，安检门前人头攒动，除了游客，更多的是出国读书的学子……四周，满目的不舍与惜别。此时，唯有我的女儿，我的执着于钢琴、执意寻梦美利坚的女儿，依旧没心没肺地大口吃着椰子双皮奶，微笑着向我们挥挥手，转身大步流星地走向安检门。一小时后，随着飞机的腾空，我的女儿，这只让我引以为豪的"丑小鸭"，带着她从小的音乐梦想执羽起飞了。

第一篇

我的丑小鸭

2014 年 8 月 22 日的广州，凌晨 1 点，随着飞机的腾空，我的女儿，这只让我引以为豪的丑小鸭，带着她从小的梦想，带着对未来的憧憬，执羽起飞了。

我的丑小鸭

女儿一岁生日那天，我在她的第一本影集扉页上写下了一段话，这段话是用当时流行的吉他曲《爱的罗曼史》填的词：

你是我池塘边一只丑小鸭，

你是我月光下一片竹篱笆，

你是我小时候梦想和童话……

早在我的孩子还没出生时，我就一直盼望着是个女儿。我喜欢一切美好的东西，如果我的孩子是个女孩，我可以无限发挥自己的想象力，尽自己最大所能打扮她，天天给她穿不同款式的漂亮衣裙；给她换不同发型，梳各种各样的小辫子；头发和辫子上还要夹上颜色不同、图案各异的小卡子，将她装扮成小天使。我每天都在幻想，我的女儿，将来一定是个漂亮的女孩。

我也要像妈妈教育我一样，让她琴棋书画样样俱会。

婉旸出生在 7 月，一个酷热难耐的下午。那天中午，恰好婉旸的爸爸加班没有回家。妈妈陪我去医院时，正是午休时间，街上很静，天出奇的蓝，阳光从正午无云的空中直射下来，晒得地面晃眼。走在没有遮挡的马路上，我就想，这小家伙的名字应该跟太阳有关。从我感觉疼痛到女儿出生，仅一个小时，或许怕我受罪，或许急于看这精彩世界，小东西一点都不耽搁，大哭着来到这个世界，我只记得接生的大夫护士都说："这小家伙嗓门真大。"

婉旸抱回家的第一天，我就对着镜子仔仔细细观察对比，发现小东西皮肤不白，眼睛也不大，期待中像小姨一样的高鼻梁也未能如愿，唯有红润丰满的小嘴让我稍有安慰。由于早产一个月，小家伙身长仅 47 厘米，体重 3200 克，虽然在标准范围内，但是看起来纤小瘦弱，满脸皱褶。我有点失望：这小东西真是只"丑小鸭"。

二十多年后，我把小时候的照片发给远在美国的女儿时，她依旧没心没肺地给我回微信语音："妈妈，多谢你，我这么难看，你都没有抛弃我！要是我的孩子，我就不要了，哈哈！"

还在医院时，我就发现，每次护士抱婉旸过来，她的小手都是张开的。我观察了一下，其他宝宝的小手都是老老实实地放在褓褓中，只有婉旸的两只小手均露在外面，手掌宽且手指纤细苍白，且一直无目的地动个不停。我尝试着把她的小手放回襁褓，但她的小胳膊一直挣扎，直到挣扎出来。看着她那两只想活动但还不能自由控制的小手，我一直有些好奇。后来我想，女儿的小手这么喜欢活动，长大后，如果她也喜欢音乐，就让她弹钢琴吧。

　　两个月后，小家伙就更不老实了。给她喂奶时，她的一只手拍着我的后背，一条腿上上下下有节奏地敲打，小嘴还津津有味地吮吸。有时候我故意按住她的腿不让动，小东西立即停下来，瞪着一双不大却清澈的眼睛，目不转睛地看着我，似乎在问：为什么不让我动？

　　后来我发现，婉旸对声音特别敏感，一丁点儿细微的声音，她都会侧耳去听。我不知道这是否与我怀孕时经常给她弹吉他有关。记得每次我弹吉他时，肚子里的婉旸都是拳打脚踢，当然，我无法确定她是在跟着我的琴声跳舞，还是觉得琴音太吵在抗议。

　　我大学学了不喜欢的专业，一直不开心，直到我下决心放弃。因此，我决不能让我的女儿再步我的后尘。所以，从女儿一出生，我就开始仔细观察，想从她细微的举动中，发现一些她的喜好的蛛丝马迹。

婉旸抱回家的第一天，我就对着镜子仔仔细细观察对比，发现小家伙皮肤不白，眼睛也不大，期待中像小姨一样的高鼻梁也未能如愿，唯有红润丰满的小嘴，让我稍有安慰。

有美一人，宛如清扬

　　每一位妈妈都希望自己的宝宝与众不同，或漂亮或帅气。既然婉旸没有期待中的高鼻梁大眼睛，就给她起个与众不同的好听名字吧，为此，妹妹和我绞尽脑汁，又算笔画又翻书，折腾了好几天。我从小酷爱古诗文，记得小时候读过《诗经》中一首名为《野有蔓草》的诗：

　　　　野有蔓草，零露漙兮。
　　　　有美一人，清扬婉兮。
　　　　邂逅相遇，适我愿兮。

　　　　野有蔓草，零露瀼瀼。
　　　　有美一人，宛如清扬。
　　　　邂逅相遇，与子偕臧。

我特别喜欢其中的一句："有美一人，宛如清扬。"每每想起，总会有一个眉目清秀、优雅安静的女孩亭亭玉立于眼前，就叫"婉清"吧！后有朋友提醒："你家是满族，又是正黄旗，叫婉清（晚清），没落了，寓意不好。"

远在南方的妹妹为了这个小外甥女，专程到普陀山为她的名字算命求签。其实我们并不迷信，但由于已经有了一个结果，便也就在意了。于是，我们按照《诗经》原文，把"婉清"改作"婉扬"，"扬"又换为同音字"旸"，意喻"初升的太阳"。

有了好听的名字，我就开始考虑婉旸的教育问题。这一代孩子已然都是独生子女，我看到过霸道任性不讲理，为了一个小小的愿望没有满足而大哭大闹、满地打滚的孩子；看到过自私自利时刻以自己为中心、不会关心其他人的孩子；甚至看到过在大庭广众之下打骂长辈的孩子……一直不明白，是怎样的教育让一个纯真善良的孩子变成这般！因此，我一定要从小培养女儿的好习惯，从小事开始，教她待人接物，教她尊师敬老，让她从小学会分享、学会感恩。当然，更希望对婉旸不过多说教，每日的耳濡目染就够了。

婉旸一两个月时，我发现跟她讲话时她就会安静下来、目不转睛地盯着我。我说，她也张嘴；我笑，她也微笑。经常把她放在床上，我弯着腰看着她的眼睛，一说就是十几分钟。有一次家里来客人，坐在客厅等爸爸，听到小屋的声音，敲门进来愣住，随即笑了："我以为是两个大人聊天，原来你在跟这

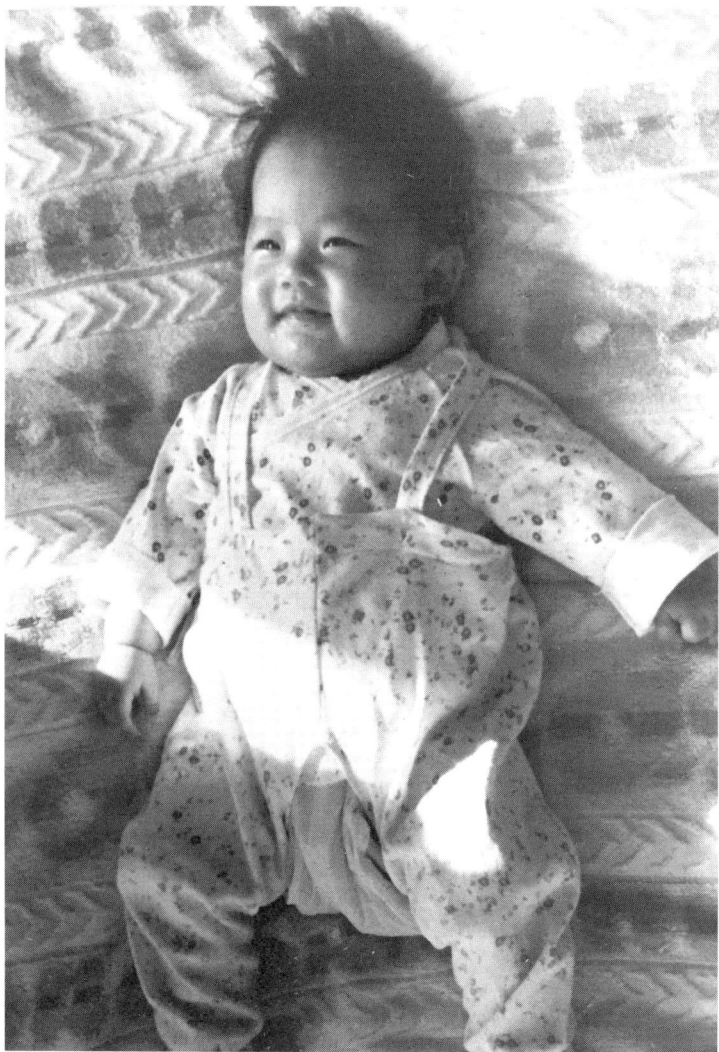

婉旸一两个月时，我发现跟她讲话时她就会安静下来、目不转睛地盯着我。我说，她也张嘴；我笑，她也微笑。

么丁点儿的小人儿聊呢！"

我习惯每天睡前看书读报，婉旸三个多月时，有一次我看完报纸，随手扔到躺在旁边自己玩的婉旸身上，谁知她拿起报纸，竟煞有介事地"看"了起来，一边"啊啊"地"读"，起初我只是觉着好玩，看她每天如此，我便开始找有意思的给她念几段，也不管她能否听懂。

女儿11个月大的那年六一，我看新闻，恰好看到《婴儿画报》获得了宋庆龄基金会的奖励的消息，我试着到邮局问了一下，发现竟然真的能买到。这时，我才知道《婴儿画报》是专为三岁前宝宝创作的彩色图书，每页只有简单的一句话、一个小动物，用浅显的故事教孩子熟悉周围环境，认识大千世界。比如《红狐爸爸进城了》第一页画着一只神气的狐狸爸爸，写着："红狐爸爸要进城"。

为了给婉旸一个感性认识，一个阳光灿烂的周日，我带着刚刚会叫爸爸妈妈的婉旸去动物园认识狐狸。狐狸馆外面聚满了参观的大人孩子，我抱着女儿挤进去，隔着玻璃，我告诉婉旸这就是狐狸。谁知小东西突然手舞足蹈，兴奋地大喊："爸爸，爸爸……"逗得周围人哈哈大笑，我也一边笑，一边接着小婉旸的话："对啦，我宝宝真聪明，它就是狐狸爸爸。"

从此，也就是从婉旸11个月大起，我每晚睡觉前都给她讲《婴儿画报》。开始，一本书讲不完，婉旸就频繁眨眼，尽管拼命挣扎着想继续听下去，但还是抵不住瞌睡虫的骚扰，很快就进入梦乡。逐渐地，越听越多，一个月后已经能听完一本书了，且越来越不满足。再一个月，一晚上要讲四五本才行。

那时，我白天上班，把婉旸放在一个保姆奶奶家。我的单位离家很远，每天骑自行车来回四趟，每趟要四十多分钟，回到家还得忙着做饭、刷碗、洗婉旸的小衣服。虽然有时我回家晚了，爸爸妈妈会帮着把她接回家，但一天工作的劳累使我到了晚上就感觉极度疲劳，经常讲着讲着就进入半睡状态，被婉旸拍醒后再接着念。到婉旸两岁时，《婴儿画报》已经无法满足她的需求。无论我讲几本，婉旸都会睁着好奇的眼睛："接着讲，妈妈。"这时，我意识到，《婴儿画报》或许对婉旸已经太简单了。

我开始寻找新的幼儿读物，发现了同一杂志社的《幼儿画报》，即《婴儿画报》的升级版。这是一本针对三岁以上孩子的读物，也非常有意思。但《幼儿画报》显然对只有两岁的宝宝有些难，因为它一下从简单的一页一句话一幅图，直接升级到一页一个完整的故事。起初婉旸听不了几句就睡着了，但是过了半个月，就基本能听完一个故事。然后，依然是一本又一本，读到我口干舌燥，昏昏欲睡。

由此，我感觉到，孩子的可塑性真是大，给她什么，给她多少，她都能接受。到三岁时，《幼儿画报》也不能满足婉旸，无论每天我讲多少本，她都不肯入睡，一边津津有味地听，一边不断地问问题。为避免她睡觉太晚，我与她商量，每天讲两本书，再加一段《西游记》，而且我念完一段，再让她给我讲一遍。我惊奇地发现，婉旸竟然能够把故事大致复述出来，当然了，也仅限于每天一小段，多了她就迷糊了。随着年龄的增长，到婉旸四五岁时，我已经不再为她专门挑选幼儿读物，只管给她读自己喜欢的书和杂志。《读者》和《青年文摘》是家里一直都订阅的，也是我必看的，给婉旸呢，是赶上哪段读哪段，觉着有意思的，就给她读，不论天文地理，还是医学科技、植物动物，甚至八卦传奇故事。有时候实在太累了，就找一篇晦涩难懂的文章读给她听，小东西也就很快进入梦乡。

有一次，我看一篇文章，讲一个叫徐长清的女孩在东北森林中遇见黑熊并与黑熊搏斗的故事。我觉得这个女孩子非常勇敢，就念给婉旸听。婉旸特别喜欢，每天让我给她念。有一天看我实在烦了，便叫她爸爸念。她爸爸偷懒，念完开头就跳到结尾，刚一开口，婉旸大怒，把中间部分大声地、一字不拉地给她爸爸背了一遍，然后大喊："妈妈——妈妈——你看看你老公，他骗孩子！"

三岁多时，我想试着教婉旸背诵唐诗，就特地买了一本适合儿童的彩图版《儿童唐诗精选》，里面收集了一百首脍炙人口的唐诗，跟婉旸商量："妈妈从今天开始教你背唐诗好不好？""不好。"正玩得开心的婉旸头也不抬。我想想，说："那好吧，从今天开始妈妈学唐诗，你不许学啊！"婉旸依然没有

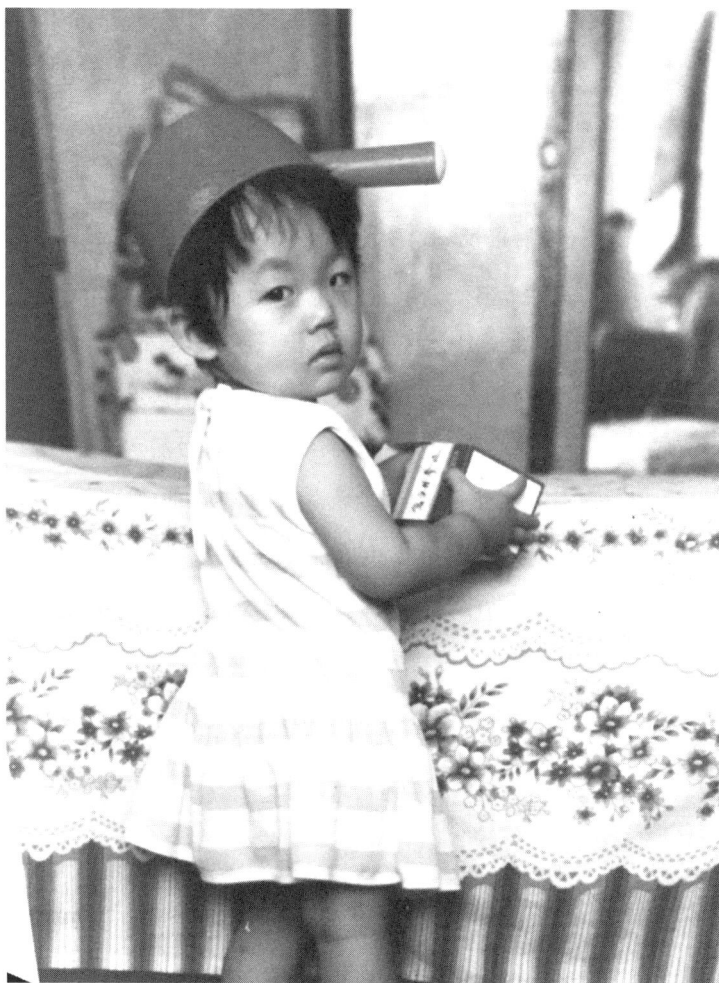

三岁多时，我试着教婉旸背诵唐诗，跟她商量："妈妈从今天开始教你背唐诗好不好？""不好。"正玩儿得高兴的婉旸头也不抬。

任何表示。

　　我不想去给孩子灌输知识，我希望不要让孩子把学习当成负担，希望她把学习当作一件快乐的事情。琢磨了一下，我决定以五首唐诗为一组，每天在婉旸玩的时候念给她听。坚持了仅一周后，我惊喜地发现，婉旸一边玩，小嘴里一边念叨出来的都是我每天念的唐诗，什么"床前明月光，疑是地上霜"，什么"不知细叶谁裁出，二月春风似剪刀"，等等。我依然不干涉她，每天坚持自己读，渐渐地，婉旸开始主动问我问题。比如说：为什么"春江水暖鸭先知"？对门爷爷名字叫陆健中，我读到"时鸣春涧中"时，她会问我，为什么不是"时鸣陆健中"？看她开始感兴趣，我便针对她的问题，把我每天读的唐诗逐句为她讲解，甚至编成故事讲给婉旸听。婉旸对唐诗越来越有兴趣，半年时间，已经能把一百首唐诗倒背如流了。

　　腹有诗书气自华。尤其女孩子，我认为气质比容貌更重要！书读多了，知书达理，谈吐不俗，再加上良好的家教和见识，自然流露出来的是与众不同的气质。

　　阅读，从倾听开始，孩子最初的阅读兴趣以及良好的阅读习惯均来自于倾听。当孩子逐渐长大，倾听满足不了她的求知欲时，她就会去主动读书。婉旸小学一年级学会拼音后，基本就不再满足于我为她读书。一年级结束，当时为奖励婉旸期末双百的考试成绩，姥姥给她买了一套童话书，收集了世界各国的童话故事。暑假，婉旸经常清晨五点多就爬起来，看着拼音读自己的童话书。

事实证明，从小培养孩子的阅读习惯非常重要。首先，极大丰富了孩子成长过程中的语言表达。在婉旸四五岁时，总有人问我怎么教的，为什么她那么会说话，她说的话都像书里的语言。其次，通过从小读书，孩子会懂得很多道理，从书中获取有益知识的经历，会使她始终热爱读书。还有最重要的，经过各种书面语言潜移默化的影响，孩子上学后语文课的学习会非常轻松。

女儿说话较晚，一岁半了，还基本只会叫妈妈爸爸，但随着年龄的增长，突显出来的是音乐感觉很好，能跟着电视里音乐的节奏准确无误地打拍子、指挥，尤其是听到节奏强烈的音乐，便会立刻旁若无人地跟着音乐的节奏狂跳。挑选玩具时，婉旸也一定是挑选乐器形状的，经常有人说，这小家伙将来不学一门乐器可惜了。

我给她买了一盘当时很流行的儿歌联唱磁带，每天放给她听。到婉旸两岁时，她能一口气唱完一盘磁带里的所有儿歌。那时，家里每一个人都欢乐异常，包括回来度假的小姨，每天都浸染在儿歌的旋律中，时时刻刻唱的哼的都是儿歌……

对幼儿园的憧憬

我小时候，父母忙于工作，没有时间照顾我和妹妹，因此，早早就把我们放在当地的一个奶奶家。奶奶很负责，无微不至地照顾我们的生活。到了该上幼儿园的年龄，我是打死也不去，妈妈强行把我送进去，我一天不吃不喝，不与任何小朋友玩耍交流。一周后，爸爸无奈地把我接回来，又送回到原来的奶奶家。

我教育孩子有一个最基本的观点，就是我的坏毛病绝不能让我的女儿再继承下来，所以我小时候的不合群一定不能遗留给我女儿。

身边有很多不喜欢上幼儿园的孩子，我想，我的孩子应该也不例外。因此，刚过两岁，我就不断告诉婉旸，所有小朋友都要上幼儿园，要学东西。我给她讲幼儿园里有很多很多小朋友，有像妈妈一样的老师带着小朋友做游戏、玩玩具。慢慢地，女儿对幼儿园开始有些憧憬了，甚至有时候会问我什么时候去幼儿园。

婉旸两岁半时，已经到了能入园的年龄，我们多方打听，有一个刚刚开办的艺术幼儿园，想着既然是新办的，各方面条件应该比较好，老师也会比较敬业负责，最重要的是幼儿园有车接送。当时婉旸爸爸在海南工作，我独自带着她，住在我父母家。因此，对我这样工作单位远、工作又忙、少有时间的妈妈来讲，有车接送无疑是最大的便利。再加上婉旸本身就爱唱爱跳，或许这样的环境更适合她。通过实地考察，与校长和老师交流后，我们决定把婉旸送到那个艺术幼儿园。

幼儿园开学的前一天，我就跟婉旸说好，第二天要早起去幼儿园，要一天见不到妈妈，但是那里有很多小朋友，有滑梯、有玩具，大家一起做游戏，一起吃饭，一起睡觉。第二天很早婉旸就自己醒来叫醒我，看得出小家伙很兴奋，不断搂着我亲我，又期待又不舍。

对我来讲，一直与女儿形影不离两年多，虽然之前她也是白天不在家，但毕竟不是过集体生活，我很担心她会像我小时候一样不合群。我不断嘱咐她，在幼儿园里，老师就是妈妈，有事一定要第一时间找老师。

我给婉旸穿上她最喜欢的连衣裙。这条裙子是她爸爸从海南寄回来的，大红色底，上面布满白色小花，大大的裙摆上面，缀着一圈好看的白色花边，女儿穿上俨然一个小公主。再背上我用做衣服剩下的布头为她缝制的紫色小双肩包，包上面点缀着一大朵橘色太阳花，包里给她放了一本《幼儿画报》，以备没人玩时打发时间。

刚刚入秋的北方，清晨已有一丝凉意，迎着刚刚露头的太阳，小婉旸神气地昂着小脑袋，左手拉着姥姥，右手拉着姥爷，蹦蹦跳跳地走出家门。我们一起来到五十米开外的路口等车，姥爷一直不放心地嘱咐外孙女：一会儿车来了不许哭啊！

幼儿园的大巴准时来到我们面前，老师从车上下来抱起婉旸，就在准备上车的一刹那，婉旸有些紧张了，回过头看着我，伸着胳膊张开小手。我狠狠心说："乖宝宝，到了幼儿园听老师的话啊。"其实，我已经在忍着眼泪了，我无法想象，一个不到三岁的小不点在被陌生人抱走，第一次进入一个陌生群体时，她内心是如何地惶恐与不安，尽管之前我已经帮助她做足了功课。但我必须狠心，为了女儿的性格不再像我小时候一样孤僻。

婉旸一看没有希望再回到我身边，在园车启动的一瞬间，拼命摆着小手，带着哭腔喊："妈妈再见！姥姥姥爷再见。"仿佛不说再见，就再也见不到我们。之后的每一天，都是如此，什么都有可能忘记，一定不会忘记说再见。

记得婉旸小时候有一次生病，恰逢姥姥出差在外，没有人给她打针，我只好把她抱到医院。一直开心的婉旸在进入医院注射室的那一刻，央求我："妈妈，我不想打针。"看我不同意，又央求护士："阿姨，我不想打针。"看依然没效果时，她改

我深爱我的女儿，但不会溺爱她，不会无条件地纵容她。因为我知道，不是所有的人都像她的父母亲人一样宠她爱她放纵她！因此，我要教会她适应社会、顺应环境、懂得变通，尽量以一个相对好的性格让周围的人因她而快乐，因她而融洽。只有这样，在她长大后，在离开家、在远离我的日子里，她会幸福，会开心！

口跟护士说："阿姨，求求你，给我轻点打。"把在场的所有人都逗笑了。

这就是我的女儿，小小的年纪已经懂得了变通，她不会钻牛角尖，她知道在一条路走不通时，该如何及时转弯。

这源于我从小对她的教导，我不想让女儿像我小时候那样倔强，一条道走到黑。因为在我的成长过程中，已深深体会到这种性格导致的许多无奈。所以，我经常会有意地去矫正她、引导她。

婉旸一岁多时，有一次把我的东西扔了，我让她捡回来，她不捡，讲道理也不听，我便不再搭理她，且不答应她的任何要求。在僵持几分钟后，婉旸开始大哭，我依然无动于衷。一个小时过去了，我开始心软，看着嗓子发哑、哭成泪人的小人儿，很想把她抱过来，同时开始自责：我这样是否太狠心？毕竟孩子才刚过一岁。但转念又想，或许就在这最后的五分钟，我妥协了，孩子就白白哭了一个多小时。她妥协了，可能对将来她的性格和做事方式都有影响！果然，在最后的五分钟，婉旸止住了哭声，乖乖把我的东西捡起来、递给了我。我抱起她，亲着她，告诉她，这样才是妈妈喜欢的好孩子。

我深爱我的女儿，但不会溺爱她，不会无条件地纵容她。因为我知道，不是所有的人都像她的亲人一样宠她爱她放纵她！因此，我要教会她适应社会、顺应环境、懂得变通，尽量以一个相对好的性格让周围的人因她而快乐，因她而融洽。只有这样，在她长大后，在离开家、在远离我的日子里，她会幸福，会开心！

在集体生活中成长

　　婉旸上幼儿园三天后，我去看她，在跟老师交谈后，还是有一点小失望。因为老师告诉我，婉旸不与小朋友玩耍，每天像个小跟屁虫，老师走到哪儿她就跟到哪儿。这难道是我的遗传吗？再三考虑后，我决定请老师配合我。

　　次日，当婉旸再次跟着老师时，老师严厉地告诉她，如果再跟着老师，再不与小朋友一起玩耍，就不让她来幼儿园了。婉旸果然不敢再跟着老师，她害怕老师不让她去幼儿园。因为妈妈一直告诉她，长大了要去幼儿园学东西，否则就会变傻变丑。逐渐地，婉旸开始与小朋友一起玩了，每天早晨，虽然也不大想去幼儿园，但从没有因为去幼儿园哭闹过。

　　经常，我们都低估了孩子，想当然地认为孩子太小，听不懂话，不懂道理。其实孩子从出生就是懂事的，只要大人把道理提前给她讲通。

经常，我们都低估了孩子，想当然地认为孩子太小，听不懂话，不懂道理。其实孩子从出生就是懂事的，只要大人把道理提前给她讲通。

转眼到了年底，幼儿园准备了隆重的庆祝活动，仅婉旸的小班就组织了五个节目，有舞蹈、合唱，还有独唱，且所有节目都有婉旸参加。老师说她嗓门大，节奏感和乐感好，而且唱歌不跑调。艺术幼儿园的老师都是刚从幼师毕业，工作很认真，提前两个月就开始准备节目，每天都要集中训练。演出头一天，幼儿园的车到家门口，老师特意下车嘱咐我：明天一定给婉旸穿上最漂亮的裙子。这是我女儿第一次登台演出，我也很兴奋，且期待！

其实我早就开始为女儿的演出做准备了。首先得准备一个照相机，当时，家里很少有照相机的，我绞尽脑汁也无从借到。在单位说起此事，同事极度热情，介绍我认识了一位精通相机的老专家，在他的建议和帮助下，我用手里仅有的一千多元钱买了一台奥林帕斯傻瓜相机，拍照效果非常好。

谁知当天夜里，婉旸发起高烧，试了几次都三十九度多，我一夜没合眼，不断给她敷凉毛巾降温，也一直在考虑第二天是否照常去幼儿园。我最纠结的是，幼儿园的五个节目都有婉旸参加，而且舞蹈节目有队形，如果少一个人，那么小的孩子肯定无法迅速适应，一定会乱。我一边考虑，一边盼着天亮赶紧带女儿去医院。

好不容易挨到天亮医院上班，妈妈和我一起抱着婉旸来到对面的妇幼保健院，挂了专家号。检查后，医生说是普通感冒，问题不大，并给婉旸打了针。看婉旸精神还不错，回到家，我就开始跟她商量："宝宝，今天的演出必须得去，老师和小朋友都等着你呢，如果你因为生病不去，班里的舞蹈会因为少了你而没有队形，你前后左右的小朋友因为看不见你而不知道该站在哪儿。小朋友们的妈妈还等着你为她们唱《我的好妈妈》……"

我希望女儿通过这件事明白一个道理，就是要顾全大局，要有团队精神。我要让她知道，幼儿园也是个团队，这个团队的事情是需要所有人一起努力、齐心协力才能完成。

那天，我拍了三个胶卷的照片，孩子们的表演精彩又搞笑！试想，三岁刚刚过一点的小家伙们，扛着红缨枪，在《红星闪闪》的音乐中，列队踏步出场，但不到一分钟，就乱作一团，有扛着红缨枪继续原地踏步的，有端着红缨枪低头满地乱找的，还有红缨枪掉到地上也不管不顾满舞台瞎溜达的。台下的家长笑作一团，台上的宝宝们视若无睹，在混乱中我行我素。孩子们的表演最终在爆笑声中，在领舞老师的带领下，坚持到音乐结束。

两个舞蹈结束后，是婉旸的独唱《我的好妈妈》——"我的好妈妈，下班回到家，劳动了一天多么辛苦呀……"婉旸小脸儿烧得通红，她从小一感冒就是鼻涕眼泪狂流，因此一边唱，一边不断擦眼泪，效果倒很好，不明就里的人一定以为她是被歌词感动的呢！老师们也被小婉旸的坚强感动了，婉旸最喜欢的田老师专门为她买了一个小号的奶油蛋糕作为奖励。

半年后，艺术幼儿园因故停办，我毫不犹豫地把婉旸送到新开办一年多的西夏幼儿园（西幼）。这是当时所谓的贵族幼儿园，由台湾人创办，收费大约是公立幼儿园的两倍。与前次一样，我和妈妈一起到西幼先行考察，了解幼儿园的设施，跟老师和校长交谈，了解他们的办学理念和教学方法，甚至连每天的食谱我们都逐一过目。

对于换到西幼几乎没有费劲，我只是告诉婉旸，要给她换一个更好的幼儿园，那里有更多的小朋友和她一起学习、一起玩耍。

去西幼的第一天，我们依然等在家门口，姥姥姥爷和我轮流嘱咐婉旸，什么要听老师话，有事要找老师，跟小朋友要谦让，等等。婉旸其实也并不轻松，一边心不在焉地应付我们，一边不时大喊两声，就是想哭又哭不出来的那种感觉。

那时牛奶不是在超市买，而是每月去乳品公司预订，然后每天拿着器皿和订奶卡按时等在街边，由专人沿街送配。由于姥爷经常抱着婉旸去买牛奶，送牛奶的奶奶早已经认识这爷孙俩。看到婉旸的"痛苦"样，哄婉旸："不许哭啊，哭了奶奶就不给你牛奶喝了。"婉旸带着哭腔喊："奶奶我不哭，我要想喝牛奶。""我要想做什么"是婉旸小时候的经典句式，比如："我要想妈妈""我要想吃巧克力"。牛奶是婉旸的最爱，每天早晚必喝，从不间断。她出生以来，我们不给她喝任何饮料，所以婉旸渴了只喝牛奶和白开水。

其实我是个很粗心的妈妈，甚至没有想到事先带孩子去熟悉一下环境。幼儿园的车来了，婉旸还没来得及反应，就被老师抱进校车，抱到怀里，这几乎都是一瞬间的事。两周后，等婉旸在幼儿园基本熟悉了，我才去幼儿园看她，顺便了解她的情况，这才知道，上幼儿园第一天，她下了车，随着队伍走进大班教室，老师发现时，她正一个人坐在教室角落里，老师问她是哪个班的，她也说不上来，后来老师看她那么小，就把她送到了小班。

孩子性格的塑造源于每一件小事中。生出来一张白纸的宝宝任由大人随意涂抹，你怎样描绘，他就怎样成长。瑞士著名心理学家荣格说，行为养成习惯，习惯造就性格，性格决定命运。作为孩子第一任老师的父母，应该从孩子出生时就帮他养成学习生活的好习惯，从每一件小事中教会孩子做人，教会孩子变通，教会孩子坚强，教会孩子在集体生活中以大局为重，同时适当放手，让孩子自己在环境中锻炼。

孩子性格的塑造源于每一件小事中。生出来一张白纸的宝宝任由大人随意涂抹，你怎样描绘，他就怎样成长。

懵懂的钢琴家梦

西幼的各种教学设施齐全，课程安排紧凑合理。在这里，婉旸近距离接触了钢琴、电子琴，接受了最初的音乐启蒙。在新年音乐会上，我看到小小的婉旸站在小乐队的最前面，拿着三角铁，有模有样地跟着老师的钢琴，为唱歌的小同学敲打出准确的节奏，心里很是自豪。老师说郑婉旸的节奏感最好，那时，我的女儿四岁。

西幼的老师很负责，尤其是当时婉旸的班主任赵静老师，不仅管理着孩子们的吃喝拉撒，对每个孩子的性格、爱好都留心观察。在婉旸入园两三个月后，赵老师就打电话给我，说郑婉旸的乐感特别好，而且很喜欢钢琴，每次她教大班孩子弹钢琴时，婉旸都跟着她，并且一直在旁边看得出神。同时，她建议我给婉旸找个好老师开始学钢琴。但是，我并没有把赵老师的话放在心上。

六一儿童节，全市幼儿园要举行会演，西幼也挑出一部分孩子每天练习，准备参演。排练一段时间后，仍然是赵静老师给我打电话，说郑婉旸舞姿乐感均很好，但就是没有表情，请我配合一下老师，回家启发一下她。

　　当晚，婉旸回到家，为了不浪费时间，我每天都是边吃晚饭边与她聊天，问她今天吃什么了，学什么了，跟谁玩了，老师是否表扬她了，等等。当她说到排练舞蹈时，我接着说："老师打电话给妈妈了，夸你跳得特好特认真，只是笑得再开心些，老师就更喜欢了。"谁知婉旸却不以为然："我每天都要练那么长时间，每天都咧着嘴使劲笑多累啊，等正式演出时我就高兴了。"我想了想，觉着孩子说得有道理，也相信孩子在关键时刻会有突出表现，便也没再要求她。

　　几天后，婉旸回来告诉我，老师把她调到边上了，因为她总不笑。"没关系，妈妈相信你在哪儿都能跳好。"我说。

　　转眼到了六一，西幼的节目叫《捏泥巴》，表现的是孩子在玩泥巴，用泥巴捏出一个个小动物的快乐情景。婉旸演的小孩捏出来一只小老虎。

　　会演安排在市少年宫的雏凤剧场，全市的大中幼儿园都来参演，台下坐满了前来观看的领导和家长。此时台上的女儿与平时排练时判若两人，夸张的动作，开心的表情，自始至终，观众的目光都跟随着她移动。我甚至听到后面有人说："最左边的那个小女孩跳得真好。"

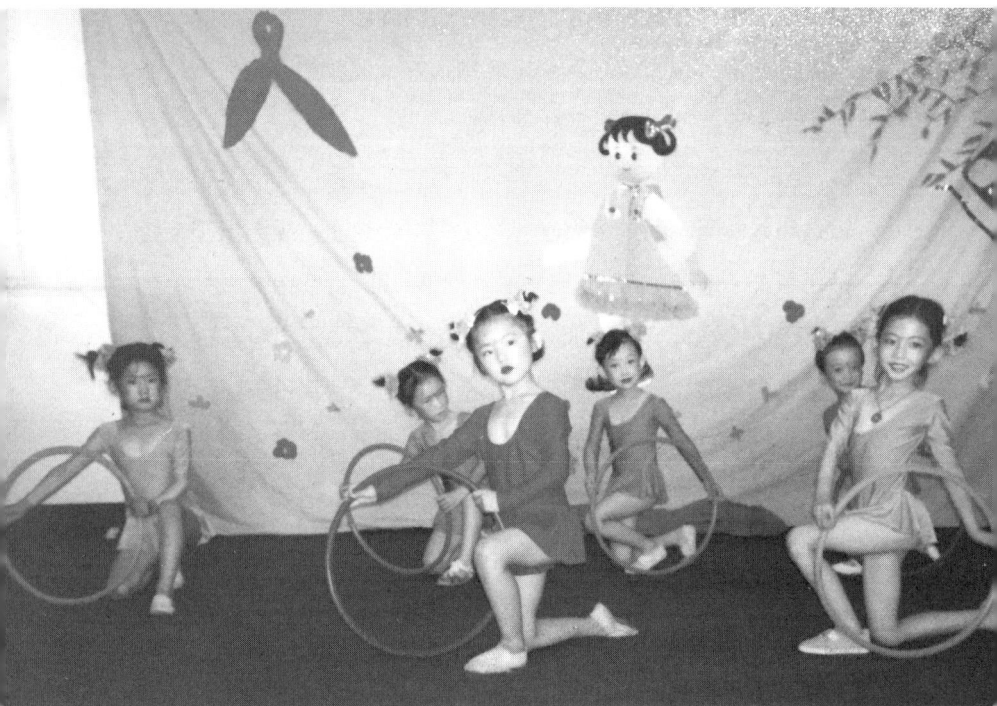

我说："老师打电话给妈妈了，夸你跳舞特好特认真，只是再笑得开心些，老师就更喜欢了！"谁知婉旸却不以为然："我每天都要练好长时间，每天都咧着嘴笑多累啊！等正式演出我就高兴了。"

演出结束，一同前来助阵的园长妈妈（孩子们都这么称呼园长）甚至问舞蹈老师："为什么把郑婉旸放在最边上？"

7月的一天傍晚，我把婉旸抱下车时，发现她很不开心，问后得知，原来老师今天让小朋友举手说长大做什么时没有叫到她，因此，她就没有机会告诉小朋友她长大要当钢琴家。看着婉旸遗憾懊恼的样子，我决定暗中帮女儿一把。第二天一早，我就给班主任赵老师打电话，说明了情况，赵老师欣然允诺，答应帮着婉旸"实现"这个愿望。

果然，第二天校车到了站，车门一开，婉旸就迫不及待地张开双臂，一脸欢笑地扑进我怀里："妈妈，妈妈，我今天说了，今天赵老师又让小朋友说长大以后想做什么了，我告诉了全班小朋友，我长大要当钢琴家。"

作为妈妈，要第一个感知孩子的喜怒哀乐，要细心观察孩子，及时发现孩子的兴趣爱好，让孩子敢于梦想。即使大人觉着这个梦想近乎天方夜谭，也不能打击他，而要帮助他、引导他，在他梦想的道路上助一把力。伟大的科学家爱因斯坦说过："兴趣是最好的老师。"孩子只有感兴趣，才愿钻研深究，才会努力实践，才能深度思考，这是成功和快乐的前提！

接触电子琴

当时本来打算让婉旸学钢琴，不仅因为她喜欢，还由于班主任赵静老师的屡次建议。但我们听说四岁学琴年龄太小，老师不接收，就想先让她随便学个乐器玩玩。婉旸四岁半的那个寒假，她小姨休假回到银川，看报纸时，发现少年宫在招收架子鼓学员，让我带婉旸去报名试试。

一个星期天的下午，我拉着婉旸的小手来到少年宫，找到架子鼓学员报名处。老师上上下下打量我俩，看看她，再看看我，笑问："你俩谁学？"

老师说婉旸太小，架子鼓根本够不着，要是喜欢，就先学电子琴吧。听闻此话我暗自欢喜，觉着这是个好主意，当时想过如果一步到位买钢琴，花费太大，更重要的，万一她不是学钢琴的这块料，买了钢琴岂不浪费了。

但事后证明，如果家长一开始就有让孩子学钢琴的打算，就应该直接学钢琴。钢琴和电子琴最主要的区别在于琴键力度不同，电子琴琴键一触即响，而钢琴是需要全身的放松和手臂的重量来表现声音。如果孩子习惯了电子琴的触键又转学钢琴时，会出现手腕僵硬、不会放松的毛病。

从少年宫回到家里，我认真地跟小婉旸谈了一次话。我先问她想不想学电子琴，她毫不犹豫地回答"想学"。"那好，"我说，"只学不行，学琴是需要练习的，从上课第一天起，我们必须每天练习。以后练琴就是我们每天的娱乐活动之一，一天都不能偷懒。还有，既然已经学了，咱们就得学好，就要学得谁都赶不上你，能做到吗？"小家伙竟然也很认真地答应了。

1月19日这一天，女儿四岁五个多月，这是她人生中一个值得纪念的日子，从这天起，婉旸开始学习电子琴。

午饭后，我背着电子琴，婉旸挎着自己的小水壶，双手抱着新买的电子琴教材，蹦蹦跳跳地跟着我。我们一起来到少年宫，正式开始了她的第一堂音乐课。我们提前来到学校，早早等在教室门口，为的是占到第一排座位。

直到上课了，老师才发现，由于学生太多，事先准备不充分，插线板不够，有一部分孩子的琴没法用。老师希望家近的学生或家长回家拿插线板。父母家离少年宫很近，我想回去拿，但又很犹豫，看着这么小的女儿，如果带着她一起回家，速度太慢，肯定耽误上课。我自己回去拿呢，又不放心把她一个人留在教室。由于太小，婉旸是坐在两个摞起来的凳子上面，我怕她摔了，更怕人多混乱，把坐在第一排靠近门口的女儿抱走了。犹豫时，婉旸似乎看出了我的心思，伸开胳膊，两只小手搭在琴上，仰着小脸，很认真地看着我说："妈妈，你回姥姥家拿插线板，我要在这儿看着我的琴。"我不放心地嘱咐她："坐稳了，不要乱晃。谁叫你也不要走，就在这儿等着妈妈啊！"

我狂奔到父母家，拿上插线板，又狂奔向学校。还没进教室，我就急切地往里探头，一瞬间，我踏实了，我看到女儿两只小手搭在电子琴上，安静地坐在高高的凳子上面。

女儿的第一节电子琴课就这样开始了。对婉旸来说，新鲜好奇、非常兴奋又有些紧张。我呢，则跟着她一起边学习边复习，学习电子琴的键盘、弹法，复习我差不多忘光了的五线谱。

父母看我既要背琴，又要拿书包，还要照顾小婉旸，因此从第二次课开始，一直跟着我们，或帮我背琴，或帮外孙女拿书包，或拉着小婉旸。不论春夏秋冬，不管日晒雨淋，这一学，就是两年多。

电子琴班刚开课时人很多，坐满了整个教室不说，大一些的孩子的家长几乎挤满了教室的走廊和后面，大家的学习热情很高，家长们摩拳擦掌，孩子们积极努力。

两个月后，电子琴班上的家长少了一大半。再过两个月，学生也少了一半，渐渐由原来的人满为患到一年后的两个班合二为一。这让我深深感到，孩子的坚持在于家长！

婉旸很喜欢她的电子琴，也很喜欢上电子琴课，但是每晚

我严肃地告诉婉旸："学琴，只学不行，是需要不断练习的。从第一节课开始，我们必须每天坚持练习，今后练琴就是我们每天的娱乐活动之一。"

的练琴却不是非常情愿，往往练半小时就不耐烦了。为了让她坚持练琴，我想尽各种办法。比如说，我会和妈妈一起去商城，花一两元钱买两个小发卡，晚上婉旸练琴时，如果练得认真，就作为奖励给她。这样的效果很好，往往得到一个小发夹或一个小玩意儿后，婉旸把它放在琴上，每晚看着，能认真练琴两三个星期。

我姥姥家是满族，正黄旗，姥姥满姓爱新觉罗，汉名金邵静，在当年的京城雍和宫一带很有名。姥爷家是正蓝旗，姥爷的文学修养和绘画功底均非常深厚。正是因为出生在这样的家庭，妈妈极其重视我们的教育，从小就让我琴棋书画样样俱学，还亲自教我们画画。十岁时，爸爸妈妈与我商量，打算让我学一门乐器，钢琴、小提琴让我自己选择。这两种乐器我都喜欢，但考虑再三，怕自己坚持不下来，便选择了小提琴，想着即使学不下来，小提琴相对便宜很多，父母的损失也不会太大。就这样，我学了五年小提琴。

但是，尽管我非常喜欢小提琴，练起来却不是很自觉，经常或贪玩，或偷懒，达不到妈妈规定的每天放学后练琴两小时的要求。1977年恢复高考后，父母不再严格要求我的练琴时间，我就更不自觉了，经常几天都不练习。渐渐地，随着学习越来越紧张，自己也就不怎么练了。但是，我终究是喜欢的，即便是后来不再练琴的日子，我依然热爱着音乐，甚至与音乐有关的一切，包括有音符的日记本、服装，高音谱号形状的发夹、胸针，等等。工作了之后，有一次，还有一周才发工资，手里只剩五十元钱的我毫不犹豫地花了 48 元买了一个极喜爱的高音谱号胸针。

　　小时候的经历使我深深体会到，学过音乐的人始终有一个音乐梦，始终会喜欢与音乐有关的一切！当然，对一个孩子来讲，再喜欢音乐，她的自律能力、自制能力也是有限的，大人不坚持，基本等于放弃了。

　　因此，从婉旸学琴开始，与其说她喜欢，不如说我在坚持！每天下班后，我抓紧一切时间，做饭、吃饭、刷碗如同打仗，就怕耽误了女儿的练琴时间。每晚 7 点半，我们准时开始练琴到 9 点半，雷打不动。每年只休息一天，就是大年三十晚上，这种节奏一直坚持到上中学。

初显天赋

在少年宫学习电子琴四个月后的一个课间，婉旸没有像往常一样与同学出去疯跑，而是老老实实坐在座位上，自己打开伴奏，摇头晃脑地弹了起来。这下吸引了一些同学和家长，老师也顺着声音从后面走过来。

在这节课上，老师用了很多时间夸奖婉旸，婉旸自己也开心极了。从那以后，小婉旸在电子琴班就出名了，大家都知道这个班有个年龄最小却弹得最好的小孩。

老师也开始注意这个小学生，以后的每次课上，要么让婉旸示范，要么就让她一个人打开节奏，全班的同学都跟着她的伴奏弹，而婉旸也不负众望，从不出错。

这之前，我们曾经在商场里看到一个红色的音乐盒，是连在一起的两个心型，打开后，左边是一面心形的镜子，上好弦，里面穿芭蕾舞裙的小人儿会随着《致爱丽丝》的音乐转圈。我俩都很喜欢这个音乐盒，每次我带婉旸逛街时，都会去看上两眼。但是，对于当时仅挣一百多元工资的我，它无疑是个奢侈品。我一直告诉婉旸，等哪天表现好，老师表扬她时，我会作为奖励买给她。这次，我要兑现我的承诺了。下课后，我们直奔商场，花了一笔"巨款"38元，买回了那个音乐盒。

尽管促进学习的两条路——鼓励和逼迫，有时会达到殊途同归的效果。但我还是主张用鼓励的方式，让孩子在快乐中学习，让学习成为一种快乐！

我和婉旸爸爸都是工薪阶层，在收入极其有限的当时，我几乎把所有的收入都用在婉旸的学琴上，所以她的玩具并不多，我也不会随意给她买玩具。除了经济上的原因外，更重要的是，我要让婉旸明白一个道理：真正的幸福不是别人送来的，而是自己努力争取来的！

婉旸非常喜欢这个音乐盒，每晚练琴休息时，便自己上好弦，一遍又一遍、不厌其烦地边看小人跳舞，边听音乐。仅这个音乐盒，就让小婉旸开心练了好几个月琴。

一段时间后，婉旸在我的指导下，老师布置的半首练习曲往往一个晚上就能熟练。这时候，我会鼓励她多练，教她把一条练习曲全弹熟。起初，婉旸有些抵触，理由是老师没有留，我鼓励她，如果提前弹好了，她的进步会更大，不仅老师和妈妈，班里的同学都会觉着她很棒。然后，我会去找电子琴老师，希望在婉旸多练习后，请老师在课堂上表扬她。

请老师帮忙，无疑是鼓励孩子的好办法。我认为这是个良性循环，老师越表扬孩子，孩子就越积极；孩子越积极，练琴的劲头就越足，也就越容易练好，越喜欢练。这个过程，老师的作用远胜于父母。

1997年香港回归日，少年宫在中山公园举办了隆重的纪念活动，除了舞蹈、武术外，还有电子琴的独奏、重奏。演出那天，从少年宫到中山公园，孩子们列队在前，边走边叽叽喳喳地说笑；家长们跟在后面，背琴的，拿琴架的，浩浩荡荡。在文昌阁前面，家长们按照老师要求摆好琴架、放好琴，老师便把音箱接在婉旸的琴上。孩子们演奏的曲目是《双鹰进行曲》。这首曲子婉旸已经很熟练了，因此基本不用看键盘，东张西望，摇头晃脑，弹得惬意自如。

电子琴表演结束后，接着是一个藏族舞蹈。婉旸一听见音乐响起就坐不住了，穿上我的风衣，在台下随着音乐，学着舞蹈班大姐姐们的动作，甩着长袖子，也跟着跳了一场。旁边的老师说："把你也送到舞蹈班去吧？"但婉旸很坚决："我——不——去。"

其实婉旸很喜欢跳舞，却不愿意受约束。我呢，吸取了妈妈教育我的经验，并不期待我的女儿什么都会，而是希望她学精一门，不是俗话说"不怕门门通，就怕一门精"嘛！所以，她去不去舞蹈班，我都不在乎。

1997 年香港回归日，孩子们在中山公园表演节目，演奏的曲目是《双鹰进行曲》。这首曲子婉旸已经很熟练了，因此基本不用看键盘，东张西望，摇头晃脑，弹得惬意自如。

夏天，不到六岁的婉旸被选上与班里另一个男孩一起去西安参加西北五省区少年宫文艺会演。

时值 8 月，西安最热的天气，我和婉旸的爸爸带着她来到西安。作为年龄最小的参加音乐节的学生，婉旸穿着音乐节统一发放的长过了膝盖的 T 恤衫，每天跟在队伍的最后面，拎着自己的喝水瓶，快乐地参加各种活动，看演出，参观兵马俑，但闲暇时间仍然坚持练琴、排练。

轮到宁夏少年宫演出这天，由于时间安排在下午两点，孩子们午饭后顾不上休息，都认真忙着化妆、练琴、走台。两点整，按照老师的指引，孩子们整齐地坐在座位上，等待观看演出的领导。

但是，直到 3 点半，领导们才不慌不忙地来到现场。此时，坐在闷热难耐的剧场里的孩子们已经汗流浃背，热得没有了先前的兴奋，有的几乎已经趴倒在座位上。

婉旸的节目是第二个，是电子琴合奏《闹元宵》，大汗淋漓的两个孩子上场后，状态并不十分好，我坐在下面心里一直担心。

"电子琴合奏《闹元宵》——"报幕员刚刚走下舞台，只见婉旸冲着坐在她旁边的小同学一点头，《闹元宵》的欢快曲调便骤然响起。这首曲子较难，需要变换不同音色，以表现闹元宵的热闹场面。刚刚还热得发蔫的两个孩子立刻神采奕奕地弹了起来，我一颗悬着的心终于落了下来。弹到中段该换音色时，我发现婉旸有些走神，有点慌乱，正紧张时，只见婉旸右手抬起来，在空中做了一个夸张的抬手动作，随即把换错的音色不动声色地改了过来。

　　演出结束后，经评选，婉旸和同学的电子琴合奏《闹元宵》获得了西北五省少年宫节目会演器乐类节目二等奖。

学前班

五岁时，婉旸升入西幼学前班，开始学习一些简单的生字和算术。在当时，我们周围很多同龄孩子都开始提前学习一年级课程，但我坚决反对这么做。我认为这是在浪费时间，为什么要重复学习呢？为什么不让孩子充分利用这宝贵的一年，广泛接触课堂上学不到的东西，最大限度地开发智力、拓宽视野、增长见识呢？

学前班开学两个月后，看到幼儿园大部分时间在学习文化课，我便给婉旸请了长假，带她来到她爸爸工作的海南。

第一次带婉旸去海南，是她三岁刚过的那个秋天。在北京到广州的火车上，小婉旸俨然一个疯丫头，只要列车上响起节奏强烈的音乐，她就跟着音乐狂跳不止。一次，她跳舞时正赶上急刹车，就被惯性甩到了车厢的最前面。随着大家的惊呼，吓了一跳的婉旸在站稳后定了定神后，接着从车厢前面又跳回到中间我们的铺位处，引得一片笑声："这小姑娘可真皮。"

跳累了或没有音乐时，婉旸就坐在铺位上，翻开自己那本《儿童唐诗精选》，一首接一首地"念"："两只黄鹂鸣翠鸟，一行白鹭上青天"，"黄梅时节家家雨，青草池塘处处蛙"，"念"两首翻一页。旁边的两位爷爷奶奶边听边聊，爷爷说："这小家伙能上学了，认识这么多字。"奶奶说："不对，我仔细观察了，她根本不认字，是在看着画背呢。"

秋日的海口依然酷热难耐，我们住在红城湖一位朋友的一个四层别墅的一层，二层是饭厅，三层是一位叫潘红丽的大姐住，她很喜欢婉旸。至今，我还保留着婉旸四岁生日时，潘大姐给婉旸买的鹅黄色小裙子。四层的阿梦和黄珏夫妇后来成了婉旸的干爸干妈。

婉旸与我的性格不同，我基本不主动联系人，而她是忍不住到处溜达、到处串门，自己拽着楼梯扶手，唱着自己改词的《樱桃小丸子》插曲："噼里啪啦，噼里啪啦，我要去找阿梦……"一会儿就没了踪影，看都看不住。

这一次来海南，婉旸大一些了，为了不耽误她学琴，我不远千里背着她的电子琴。这次，我为女儿制订了严格的练琴计划，目的是让她在学前时间比较宽松的情况下，在音乐方面有较大进步。其他时间，除了各种玩，就是阅读，简单的内容她自己看，

婉旸与我的性格不同，我基本不主动联系人，而她是忍不住到处溜达、到处串门，自己拽着楼梯扶手，一边唱着自己改词的《樱桃小丸子》插曲："噼里啪啦，噼里啪啦，我要去找阿梦……"一会儿就没了踪影，看都看不住。

难一些的我给她念。

这段时间，我自己边学边教她学习电子琴二级的内容，并教婉旸弹了一首巴赫的小步舞曲。我小时候学过小提琴，因此教婉旸高音谱号的内容相对容易，而对于低音谱号就要重新学，需要一个音一个音地数，一个音一个音地熟悉。记得当时感觉这首曲子难极了，婉旸用了整整两周时间才把两只手配合好。

我们再次回到西幼已是 6 月，离婉旸上小学还有不到三个月时间。我想，该让她有一个上学的概念了，我要做的应该是配合幼儿园督促婉旸按时认真完成作业，每天按课程表自己收拾好书包。其余时间，我们仍是广泛阅读。现在，我已经不用再刻意为她挑选读物，从童话、小说、名著、天文地理、科普知识，甚至我的管理方面的书，只要她感兴趣，我都念给她听。当然，每晚两小时的练琴时间毫不松懈，逢年过节也从无例外，这是我们学琴之初就约定好的。

转眼到了学前班结业，幼儿园正式组织了语文、数学的考试。考数学那天，正巧是家长开放日，很多家长都来到幼儿园。孩子们考试，家长们紧张，有的家长急不可待地告诉孩子计算结果。考前，我看了一眼婉旸的卷子，上面的题她基本不会。婉旸坐在自己座位上，她也学着小同学的样子，着急地比画着问我答案，我或冲她摇头或不理她。

考试结束后，看着周围小同学七八十分，甚至九十多一百分的成绩，只考了 19.5 分的婉旸哭了，冲我生气发脾气，埋怨我不告诉她答案。我反问她："是你考试还是妈妈考试？"她不服气："别的妈妈能告诉孩子，你为什么不能告诉我？"我蹲下来认真地告诉她："妈妈告诉你了，是妈妈的成绩，即使一百分，对你来讲又有什么意义呢？你将来长大要想有出息，就得自己长本事，以后生活是要凭自己的本事，而不是妈妈的本事，你懂吗？况且，妈妈并没有觉着你考得不好，反而妈妈很为你自豪。第一，因为你没有正式开始学数学，不会答题没关系，将来上了小学自然就会了；第二，你是凭自己能力答的题，能答十几分，妈妈已经很满足了。"婉旸很快就开心了起来。

当天，我没有让婉旸坐校车回家，而是提前把她从幼儿园接出来，我们一起骑着我的新大洲牌小摩托车去逛商城，给她买了一个之前就喜欢的红色小布猴子。

我们做家长的必须有这个本领，既能督促孩子不断进步，又能保持孩子的自尊心不受伤害，且一直保持自信。在任何情况下，你都要保证孩子得第一名开心，当最后一名也快乐。不论遇到什么情况，都要让孩子感到这个世界的美好，培养孩子在任何困难情况下都不放弃自己的信心。培养孩子对生命的热爱和对生活的执着，是家长最重要的任务之一。

8 月下旬，西幼举行学前班毕业典礼，幼儿园准备了很多节目，有舞蹈，有合唱，有婉旸的电子琴独奏。第一个节目就是毕业班的合唱《毕业歌》："老师老师你真好，精心培育好苗苗……"孩子们哭成一片，家长也跟着动容。的确，西幼的这一届老师非常负责，班主任赵静老师更是把婉旸当作自己的女儿，最照顾她。可是唯独我的女儿，在毕业典礼上无动于衷，甚至有些不解地看着周围伤心的小同学。班里两个老师轮流抱着婉旸照相，赵老师抱着她逗她："你真没良心，老师这么喜欢你，你竟然都不哭。"后来婉旸悄悄跟我说："妈妈，我们虽然毕业了，但是还可以回来看老师的，是不是？那为什么要哭得那么伤心呢？"

是的，婉旸离开幼儿园后的许多年，只要回到银川，只要有时间，她都会回到西幼。上大学后有一年，西幼还专门请她回去为孩子们弹琴，与孩子们联欢。

我要让女儿懂得感恩，西幼是她音乐的启蒙之地，是西幼给了女儿充分展示自己的机会。后来婉旸走上音乐之路，西幼老师最初的启蒙和提醒都起到了重要作用。

上学啦

对于上学，我们都很期待，我期待的是终于有老师能够系统地教婉旸知识了。在学前班时，我就经常告诉她，正式上学跟学前班不一样，不管参加多少活动，老师布置的作业一定要每天完成。纠正她在学前班时，老师经常对她网开一面，认为她又跳舞又弹琴，还要兼顾幼儿园的其他活动，可以不按时交作业的观念。

婉旸上小学第一天，下午放学时，我就没有等到她。四点半，我准时来到学校门口，眼看着小学生们一队队从大门鱼贯而出，学校里的人越来越少，直到学校降旗静校。我正着急，一个小同学跑过来："阿姨，你是不是在等郑婉旸？走，我带你找她去。"我跟着小同学进校门，一直往里走，快到孩子们游乐区时，远远看到郑婉旸同学沐浴在夕阳中，正忘乎所以地一遍又一遍滑着滑梯。

第二天，我还是没有等到女儿出来，出来的小同学告诉我："郑婉旸让老师留下了。"我在经过小哨兵的允许后，赶紧来到一年级一班，刚到门口，就看到坐在第一排的婉旸，她眼泪汪汪地看着我。站在讲台上的数学老师耿老师走过来告诉我："郑婉旸昨天的家庭作业没写完。"

出来以后，我并没有批评女儿，而是平静地对她说："妈妈告诉过你吧？上学跟学前班不一样，作业不按时交给老师，是要付出代价的！"

第三天，我是在学校门口的小摊上"抓住"婉旸的，我找到她时，她正聚精会神地挨个摊位欣赏各种小玩意儿。一见到我，婉旸立即拉着我的手跑到一个摊位前，"妈妈，妈妈，你给我买这个小人儿嘛。"

我弯下腰，看到地上摆着各种颜色的小人儿，似乎是用橡胶做的，摊主不断地拿起来扔到墙上，小人儿就顺着墙往下翻跟头，非常好玩儿。我正想掏钱，转念一想，不行，这学没上两天就买玩具，不能惯她这毛病："不行，刚开学就买玩具？等你有了进步，学到些知识妈妈再给你买。""好吧，"婉旸很听话，"那就等我得了小红花再给我买吧。"女儿深知我是说一不二，但也是说话算数的，我不答应的事情，她就是闹翻天也没有结果，所以，她不会在这件事上矫情。

在女儿眼里，我一直是个严厉的妈妈，因为我是说到做到，一旦不听话，一旦没有达到我的要求，我就会履行诺言，不答应她的任何请求。当然，如果她有自己的主见，且有道理，我也会尊重她！

我主张鼓励教育，但不是没有限制的鼓励。我始终认为：孩子是棵小树，不仅需要浇水施肥，更需要时常修枝剪叶。不能任其不加约束地疯长，也不能压抑了她快乐成长的天性。这样教育出来的孩子，才会有个性、有主见、有目标。

刚开学时，家里几乎没有消停过，一会儿发现婉旸语文作业落家里了，一会儿又发现她的数学书没带。每次姥姥姥爷急着想要给她送去时，都被我坚决制止，我要培养她的责任心。我要让她知道，学习是自己的事情。更不能让她有依赖，不能让她有这样的幻想，作业不带也没关系，到时就会有人给她送来。看来，在学前班对她的嘱咐是基本没起作用，我要让老师来教训她。

终于有一天下学，我等到的是哭成泪人的郑婉旸同学。看着她把小脸抹得脏兮兮的可怜样，我虽然心疼，但还是平静地问她是怎么回事。她先把自己描述得很无辜，说老师让她站了一节课，又说肚子疼老师也不让她坐。问来问去终于弄明白了：原来是由于女儿没有带音乐书，老师罚她，先是在座位上站着，然后又让她站到教室后面，整整站了一节课。罚站期间，她告诉老师肚子疼，老师不理会，同时还不允许她跟同学们一起唱歌。

不能不说，我认为这样的惩罚对一个刚满六岁、刚刚进入小学的孩子来说有些重了，或许这样的惩罚将会使孩子轻则不再喜欢这门课，重则厌恶上学。但是，我在婉旸面前没有表现出丝毫对老师的不满，我不想我的孩子刚一进入小学就充满对老师的惧怕和怨恨："妈妈已经告诉过你，上课不能不带书，如果上战场不带枪，只有等着被敌人打死！"

事实证明我的分析是对的，正因为这件事，婉旸在整个小学期间都不喜欢上音乐课。但我并不担心，因为她的钢琴水平一直在进步。通过学习钢琴，婉旸的音乐程度是远远在小学音乐课之上的。

发生了这些事情后，我想，虽然有前面的教训，但是对于刚刚上学的孩子来讲，上学的概念并不清晰，尤其对于婉旸，她还沉浸在没有老师时时刻刻跟着的自由自在中，还沉浸在不用每天写作业、交作业的洒脱下。我想，作为家长，作为妈妈，我有义务帮助女儿养成一个良好的学习习惯了。

我始终认为，孩子不论学习什么，最初的习惯养成非常重要。对上学来讲，在小学一年级的时候，就要让孩子养成良好的学习习惯，特别是要让孩子学会自我约束，学会自我管理。习惯培养好了，以后就轻松了！好的生活学习习惯会使孩子受益终身。

当时，虽然婉旸爸爸已经回到银川的设计院工作，但是经常加班，指望他管孩子基本没有可能。我在卫生厅药政局工作，工作忙不说，还经常要出差、检查工作，有时候晚上也有活动，如果照常工作的话，根本没有多余的时间照顾婉旸的生活和学

孩子是棵小树，不仅需要浇水施肥，更需要时常修枝剪叶，不能任其不加约束地疯长，也不能压抑了她快乐成长的天性，这样教育出来的孩子，才会有个性、有主见、有目标。

习。因此，我几乎没有犹豫就辞了职。

随后，我为女儿制订了一天的学习练琴的计划。早晨，我6点起床，做好早饭后叫醒婉旸，她一边吃饭，我一边帮她梳头，同时让她听儿童英语录音。中午放学回到家，放下书包立即练琴，弹十遍《哈农》。为了保证晚上的练琴效果，午饭后，一定让她午休一小时。下午接回婉旸，先把录音机打开，在她稍事休息时，或放钢琴曲或放英语录音。然后我就开始盯着她做作业，同时辅导她弄不懂的问题。在她进行手工或美术作业时，我去做饭。晚饭后，我收拾好碗筷，7点半我们准时练琴到9点半。练琴时，我要跟她一起唱谱。盯着她识新谱时，节奏和音符尽量不出错，甚至有时候为了增加她的兴趣、提高注意力，我弹左手，她弹右手，我们配合练一首小曲子。

每天写完作业后，我要求婉旸自己按照课程表把第二天的书包收拾好，把做完的作业本及时放进书包。开始时，我会帮助她检查确认一下，不久，婉旸就养成了习惯。之后，我不用再担心她忘记带书、忘记做作业。婉旸长大后，出国演出或参加比赛，一直都是她自己收拾行李，从来没有让我操心过。

学钢琴

婉旸六岁时，我开始考虑让她学钢琴。学琴之前，我照例先与女儿认真地谈话，告诉她，钢琴要比电子琴难得多，因此，需要更努力，如果能做到，就考虑给她买钢琴。婉旸很认真地答应了我。我想，作为孩子来讲，这就够了，起码，她有学习的愿望和决心，至于能否坚持到最后，就完全取决于家长了。

现在，有一些学生的家长经常问我："孩子练琴偷懒该怎么办？"我会反问她："你上班时，你的领导不在，你会怎么做？是偷懒还是继续努力工作？"我是个不大自觉的人，上班没人管时，我经常会关着门看小说、织毛衣。大人都不自觉，你指望一个六七岁的孩子自我管理，可能吗？

接下来的任务是选择老师。经多方打听，听说当时宁夏艺术学校的艾桂兰教授带的学生有不少获奖，有一套教小孩子的方法，正巧婉旸的奶奶与她在同一系统工作，提前跟她讲了婉旸的情况，艾老师答应先看看孩子弹琴的情况。

　　一天傍晚，我们到艾老师家拜访。准备学钢琴的小婉旸很是兴奋，一路蹦蹦跳跳，笑语不断。进门后，婉旸就很自如地坐在琴凳上，无拘无束地弹起了她在电子琴班学的练习曲，还没弹完，艾老师就说："弹成这样，就这水平还考六级呢？"婉旸一愣，停了下来。艾老师说："还有其他的吗？再弹一个。"婉旸撅着小嘴，扭过头看也不看艾老师，坚决不再弹，也不再搭理艾老师，并且拒绝回答任何问题。于是，第一次的师生见面就在婉旸的无声抗议中结束了。当然，或许艾老师觉着这小孩有个性，同意先学几次试试。

　　起初的钢琴课是婉旸和另一个学生一起上，从《小汤普森》吊手开始。婉旸进步较快，几次课后，两个孩子已经不能同步。艾老师又换了另一个已经学琴一年的学生与婉旸一起上课，但两个孩子的差距依然在逐渐拉大，婉旸的进步很快，往往一节课能回课半本书。一段时间后，艾老师终于决定让婉旸单独学。为此，我和婉旸都很开心。不知道她高兴什么，我开心是因为我早就想让我的女儿单独学，这样，她学的东西就会更多，她的进步就会更快。

　　艾老师很喜欢婉旸，这个寒假，每周给婉旸加两次课，却只收一节课的学费。我很感动，也很珍惜这些时间，每天督促婉旸练琴，不许偷懒。我期待通过假期的学习，使婉旸的琴技有个飞跃。

作为孩子来讲，她有学习乐器的愿望和决心，这就够了。至于能否坚持到最后，就完全取决于家长了。

此时婉旸已经上小学，兼顾练琴和学习就成了首要问题。我要求她放学后，吃晚饭前，必须完成学校的所有作业，如果这期间完不成，晚饭后就不允许她再做。当然如果完成得早，她会有时间玩耍或阅读课外书，这无疑对她是个诱惑。

　　孩子从一出生就已经站在人生的起跑线上，作为家长，重要的不仅仅是怕他摔了，担心他饿了，而是应该帮助孩子，找到最适合他的那条跑道，鼓励他、引导他，沿着正确的方向奔跑。

　　由此可见，许多时候，我们对孩子是需要约定甚至强迫的，而不是一味没有原则地妥协。只有这样，才能更好地引导孩子做好自己喜欢的事，才能让他养成好习惯，学会管理自己。那么，学习乐器对孩子来讲，其实不仅仅是学习乐器本身，更重要的是学习一种坚持和不畏困难的态度。这种坚持对他今后的生活和学习必是有益的。

帮女儿做作业

上学不久，婉旸的学习和练琴时间就发生了冲突，原因是作业太多。我仔细察看了她的作业，发现有很多重复部分，比如说，学第一课的生字时，作业是抄写第一课的全部生字，但学到第二课时，老师会让全班学生把第一课生字和第二课生字一起再全部抄写十遍。以此类推，不管孩子掌握与否。对于婉旸来讲，这样的作业无疑是在做无用功。或许因为小时候读书较多的原因，婉旸对生字掌握得出奇迅速，往往学完一课，她就几乎能全部记住。在与老师交流无果后，我决定帮婉旸做作业，让她从这种简单重复的烦琐作业中解脱出来，以便留出更多的时间练琴。

从此，每晚的语文作业都是婉旸先写新学的生字，重复的部分都是我一笔一画模仿她的笔迹写，省下来的时间，婉旸或听音乐或练琴或玩耍，这样的情况一直持续到婉旸上小学三年级。

当时的学校尚未把素质教育正式提到教学日程，老师对分数的重视，迫使许多家长逼迫孩子在寒暑假期间就开始学习下一学期的课程。我很看重孩子的素质教育，我想不出来，一个只会应付考试的孩子，一个只会在分数上竞争的孩子，他未来的人生能有多精彩。

婉旸的假期是轻松的，她的主要时间放在了练琴、考级、比赛和读课外书上。我每天都带她出去锻炼，有时她也会跟着我学画画，或去公园拍照。她很喜爱且享受这些活动，我也相对轻松。多年后，长大的婉旸经常对我说的一句话就是："妈妈，真的很感谢你，让我学了钢琴，没有逼着我上补习班和奥数班，让我有一个快乐、轻松的童年。"

有时我想，作一个中国家长真的很难，一方面，要帮助孩子迅速适应当前的教育；另一方面，却要与现行教育做无声地抗争，还要掌握好素质教育和应试教育的平衡，稍有不慎，则失之偏颇，影响孩子一生。

考级

　　婉旸不到七岁的那个夏天，艾老师早早让我们报名参加西安音乐学院在艺校的考级。婉旸报考一级，是当时所有参加考级学生中最小的一个，也是第一个顺利考过的。

　　那是6月底，艺校离家较远，我们早早起床，给婉旸梳洗打扮，穿上她自己最喜欢的蓝色、绣有樱桃小丸子图案的连衣裙。每次参加比较大的活动，我都会让婉旸自己选择、搭配衣服，以训练她的自主能力和审美水平。当然，我是要把关的，我觉着不合适、不好看时，会给她调整。

　　我们到达艺校演奏厅门口时，老师和其他选手都还没来。虽值夏季，清晨的银川还是比较凉爽，我怕天凉影响婉旸手指的灵活，便带着她跑步。一阵疯闹后，婉旸之前早已经松动的一颗大门牙也在又跑又跳的过程中掉了下来。

　　9点钟，考级开始。我把婉旸交给叫号的老师，目送着她进入演奏厅，但随即又很快跟过去，扒着门缝，紧张地看着还不到六岁的小婉旸，看着她怯生生地穿过演奏厅长长的走廊，走向舞台上的三角钢琴。

十分钟后，婉旸出来了，极兴奋，一见到我们就喊："姥姥、妈妈，我今天弹三角钢琴啦！"没想到，女儿的重点竟是三角钢琴而不是考试。能弹三角钢琴，当时是女儿最大的愿望。我问她考试情况，她说老师特好，看她太小，考试之前还给她在屁股下面垫了一摞书，还问她钢琴学多久了，跟谁学。老师说她音乐感觉不错。

一级考试结束后，艾老师给我们留了二级的考试曲目，仅半个月，婉旸就在我的监督下练熟了。回课时，艾老师很惊喜，随即又给我们留了三级的考试曲目，说既然练得这么快，就再报个三级吧。艾老师亲自致电音协，为婉旸同时报了二级和三级。

8月，音协考级开始，婉旸的二级和三级考试被安排在同一天上午。说来很有意思，我和妈妈是提着大包小包带着婉旸来到考场的。

参加音协考级的学生远远多于艺校考级的学生，因此，候考大厅里人满为患。已经参加过一次考级的小婉旸并不紧张，不管不顾地在候场的沙发上蹦上跳下，不时跑过去给紧张读谱的哥哥姐姐们捣乱，弄得我和妈妈也很忙乎，一边不时地往回拽她，一边时刻准备着给她"换装"。

考前艾老师就嘱咐我们，考三级时要给婉旸换衣服，以免老师发现这么小的孩子连续考两级，不准许她再考。因此婉旸从二级考场一出来，我就把她按住，为她换裙子、改发型，把小辫从一个改成两个……就这样，一年级的暑假，小婉旸参加了三场考级考试，全部通过。

后面，婉旸基本每年参加两次考级，一次艺校的，一次音协的，两次考级大同小异。我们只是一直每天坚持练琴两小时（周末要多一些，练琴四五个小时）。我发现，就这么一点小小的坚持，婉旸的进步却是惊人的，不论考级还是比赛，都没有感到困难。

从女儿开始学钢琴以来，我每周带着她去老师家上课，从没间断过。上课时，我甚至比女儿还要认真，每节课我都做笔记，把老师讲的内容认真记下来，回到家后，看着笔记辅导女儿练琴。这样的坚持，直到女儿上大学老师不允许家长听课为止。同时，我要求婉旸下课后，回家立刻复习课上内容，以争取最大程度地记住并掌握。之后，我才会考虑带她出去放松一下。或许，这也是婉旸进步较快的原因之一。

在婉旸升六年级的那个夏天，她通过了业余考级的最高级十级。那年参加十级考试的学生有九个，仅仅三个通过。

那时的我们并不知道学钢琴除了考级、比赛，或者换句话说，除了学习考级的曲目，还有其他什么。因此，考完十级后的一段时间，我和女儿很是自豪了一阵，也不断有人问我："你们十级都考过了，还有什么可学的？"

艾桂兰教授与婉旸。

开始参加钢琴比赛

婉旸学钢琴两个多月，恰逢一个钢琴比赛，艾老师感觉婉旸还不错，随即给她留了两首曲子，一首《浏阳河》（儿童版）、一首练习曲，没练几天，婉旸就匆匆准备参赛了。这是女儿第一次参加钢琴比赛，刚刚六岁的婉旸根本对比赛没有概念，我告诉她，比赛就是穿得漂漂亮亮的一个人给老师表演，弹错也没关系，老师不会责怪，妈妈也不会不开心。

比赛这天，我给婉旸换上一条粉色小纱裙，小辫子上别满了各种颜色的小卡子。幼儿组是最先比赛，婉旸第一个进去，五分钟后，婉旸沮丧地开门出来，见到我的那一刻，嘴一撇要哭，我立即笑着迎上去，把她抱在怀里："我宝贝真棒！一个人进去给老师表演，妈妈都做不到。"

原来，由于学钢琴时间短，婉旸还没有熟悉键盘（电子琴键盘前面有标示），演奏时，左手弹低了一个八度，右手弹高了一个八度。评委老师提醒她了，但是女儿说，妈妈说了，演奏时错了不能改，便将错就错地弹完了。我只好在表扬婉旸的同时又嘱咐她，以后再有这种情况，如果老师提醒了就应该改，要听老师的。

自从婉旸第一次参加比赛两手弹错把位后，我就开始有意识地帮助婉旸熟悉键盘，每晚练琴时都要不断叮嘱，让她注意每个音的位置，很快婉旸就从电子琴的键盘依赖中解脱了出来。

那时钢琴比赛并不多，但是只要有比赛，艾老师一定要让我们报名，我也愿意并且鼓励婉旸参加比赛。因为婉旸不是那种非常外向的孩子，尽管她的性格很好，阳光、活泼，但是，她会怕老师，在一些大场合也会胆怯。我的目的是首先锻炼孩子在公众场合勇敢展示自己的能力；其次让孩子拓宽视野，看看其他学琴的小伙伴是怎么表演的，尤其是比自己弹得好的。至于名次，我倒觉得不重要，我的观点是重在参与。我希望我的孩子以平常心对待所有事情。

在我的引导下，婉旸四年级时已经养成了很好的学习习惯，有了一套自己的学习方法，也能很好掌控自己的时间了。当时正好宁夏龙凤药业招聘质量管理人员，我便应聘去了药厂工作。一段时间后，我出差到成都参观学习药品 GMP 认证，期间，接到婉旸爸爸打来的电话，说婉旸参加钢琴比赛获得了第一名，但我已经想不起来是哪场比赛了。

小婉旸这时有些飘飘然了，练琴也不如以前认真，有时候一边练琴一边看小说。为了避免她出现逆反心理，我没有过多催促她，只是想，有机会让事实教育她吧。

　　不久，艾老师让婉旸参加第八届"星海杯"钢琴比赛宁夏地区选拔赛，她很兴奋，立志要拿第一，但是练琴却依然不用心。比赛那天，婉旸上台没弹几句就忘谱了，而且怎么提示都想不起来，在台上足足坐了有三分钟，无奈只好下来，那是婉旸从小到大参加的比赛中唯一一次没有获奖的比赛。

　　从赛场出来后，我没有指责她，只是说："不练琴的后果很严重吧？"自知理亏的婉旸撅着小嘴，眼泪汪汪地看着我，没有吭声。

　　许多年后，我们回忆起当时，婉旸说："妈妈，我觉着你看我忘谱了，特幸灾乐祸——终于有机会让事实教育我了。"这件事对婉旸的触动很大，用她的话说，不只是没有获奖的问题，而是"很丢人"。从此，婉旸又恢复到之前用心练琴的状态。

▌婉旸自小就喜爱比较凶猛的动物，总幻想着养只狮子，没事儿牵出去遛遛。

小丫折桂

　　婉旸十岁那年，艾老师准备带学生去法国参加第三十五届钢琴、管风琴大赛，我本无意让婉旸参加，因为当时我们的经济状况根本不允许。我的想法很简单：省下两万多元的花费，我们能上多少钢琴课啊！但是由于艾老师再三说服我，说郑婉旸弹得最好，应该出去见见世面。于是，我同意了，东拼西凑，凑够了路费和参赛费后，我把女儿交给了艾老师。

　　对于这次去法国参赛，婉旸是非常期待的，因为还能去奥地利——世界音乐之都，这是她向往的地方。从小，她就告诉我，长大要去奥地利学钢琴。

　　为了省钱，我甚至没有送女儿到北京。我给她准备了一个能斜挎的随身小包，里面装了二百元人民币和一百美金，嘱咐她把所有重要东西放在小包里随身带着，任何情况下不要离身。

就这样，婉旸挎着一个黑色小包，拉着一只鹅黄色硬壳小箱子，开始了她的法国之旅。

我当时考虑得最周到的一件事，就是花"巨资"三百多元给婉旸买了这只鹅黄色箱子。我担心万一女儿的箱子被撬，或者被野蛮装卸摔散了，只有十岁的女儿该是多么着急无奈啊！事后证明，在这件事情上，我真的很英明。在意大利，同行许多人的箱子都被撬开，丢失了物品，只有婉旸的箱子，尽管密码锁已经被撬得伤痕累累，但是欧洲笨贼根本无法打开。

当时手机开通国际漫游需要交几千元押金，我一下拿不出那么多钱。因此，婉旸到法国后，一直没有任何消息。婉旸在国内时，我并没有太多感觉，直到她飞离北京，杳无音信时，我才开始后悔。

我焦急得每天都度日如年，在单位只有拼命工作，不给自己一点空余时间胡思乱想。我每天计算着时差，从法国的清晨起，我就开始期待女儿的音讯，每日在欧洲的白昼中煎熬盼望，晚上睡觉也几度惊醒。手机二十四小时开着，生怕漏接女儿的来电。粗心的我更后悔没有留下每个陪同家长的手机号码。

婉旸离开我的第六天凌晨两点多，半睡半醒中我似乎听到一声电话铃响，立即起身飞奔到客厅，迅速抄起电话，但里面没有声音。我以为自己在做梦，但电话分明是接通状态，"喂喂"几声后，电话那端终于传来女儿稚嫩的声音："妈妈！"我一颗悬着的心终于落地。但是，奇怪的是，婉旸并没有像每次在国内我出差时打电话那样，迫不及待地向我汇报这几天的情况，而是犹犹豫豫地问我："妈妈，他们说你想我哭了？"接到女儿电话的释然和兴奋使我无暇考虑其他，只想把问题说得严重些，让她时刻与我保持联系，便说："是呀，你怎么也不跟妈妈联系？"女儿那边又没有了声音，我突然意识到我说错了，马上改口，"你听谁说的？妈妈刚才逗你玩的。妈妈工作那么忙，哪有时间想你。只要你开心，玩得高兴，妈妈就不会想你。"感觉那边的婉旸松了口气："好吧，妈妈，我没事，比赛已经结束了。明天老师带我们去意大利，如果我不再跟你联系，你不用担心，有老师和阿姨们呢，因为我没有电话卡。这是别人的卡，所以我不能多说了。"随即挂了电话，不到两分钟……意犹未尽的我在电话旁坐了很久，我依然非常后悔，我后悔为了省钱没有为女儿开通国际长途。

次日，与婉旸一同去法国参赛的一个女孩的妈妈打电话告诉我说，婉旸在法国的比赛中拿了三项金奖。我将信将疑，如果是真的，婉旸一定会第一时间告诉我，她昨晚在电话里没说，或许就是误传，或许艾老师的学生都知道婉旸弹琴好，想当然就觉得婉旸应该拿奖吧。我很淡定，心想，国际比赛哪那么容易获奖！

终于得到女儿一行返程的消息，我一个人踏上前往上海的火车接女儿。这是我第一次到上海，还是独自一人，心里慌慌的没有底气。从上海繁华的大街再转到小弄堂里的青石板路，

卢阿姨和祝伯伯夫妇（左二、左四）。这两位老人在三十多年前被下放到银川，在共同工作的日子里，与我的父母成为密友。拿着他们给我的地址，我一路电话一路寻找，还算顺利地找到他们家并住了下来。

我心无旁骛，心中只想象着见到女儿的情景：离开我半个月的女儿胖了还是瘦了？经历了没有妈妈的旅行，小婉旸会长大些吧？

好在有卢阿姨和祝伯伯夫妇。这两位老人在三十多年前被下放到银川，在共同工作的日子里，与我的父母成为密友。拿着他们给我的地址，我一路电话一路寻找，还算顺利地找到他们家并住了下来。

第二天，我准时来到浦东机场，等待期间，听到广播："从法国到上海的 MU554 号航班已经到达……"我心里瞬间踏实了。

远远看见婉旸吃力地拖着鹅黄色的小箱子，一看见我，她便迅速扔了箱子飞奔过来。小时候那个从幼儿园回来，每天站在车门口张着小手，穿着膻膻腻腻的罩衣扑向我的丑小鸭又回来了。

"箱子怎么这么重？"我问婉旸，"里面有三个大奖杯，石头的。"婉旸不以为然，又开始没心没肺地滔滔不绝："我本来想蹲在酒店门口给卖掉，可惜，没有时间了……"

我的女儿真的载誉归来了！这一趟法国之行，婉旸收获了十岁组、贝多芬奏鸣曲组、中国作品演奏组三项冠军，并被组委会授予未来的"希望之星"。

差强人意的是，婉旸在意大利首都罗马丢失了除护照以外的所有贵重物品，包括我的奥林帕斯照相机、Nokia 手机等。上海的叔叔调侃着安慰她："不怨你，怨你妈妈！她跟贼是一伙的，让你把所有重要的东西放在一起，好让小偷一次偷走！所以不能太听你妈妈的话！"

我没有埋怨婉旸，我很庆幸，我的女儿完好归来。而婉旸最遗憾的是丢失了巴黎市长送给她的一个小礼物。但我还是奇怪，我问婉旸为什么把随身包摘下来。婉旸说，因为吃自助盛菜时，小包总是在食物前面晃来晃去，她怕把台面上的食物污染了……

到家当天，《银川晚报》记者几乎是尾随而来，采访了我和婉旸，让我详细讲述了婉旸的学琴经历。记者的采访让我感到很突然，因为我本没有把婉旸获奖当作什么大事，况且，婉旸还太小，不适宜大张旗鼓地宣传。采访过程中，我一直建议记者再采访一下艾老师，或同去的其他家长和孩子，但是记者很坚决："我们只想为最出色的孩子做专访而不是新闻。"

婉旸的获奖在当时的银川钢琴圈里掀起了不小风波，有褒有贬，各种说道。有人说因为外国孩子不练琴，才取巧让婉旸获奖；还有人说因为外国人有爱心，看婉旸年龄小，就把大奖给了她。甚至有一对同去参赛的孩子家长，夫妇俩直接带着他们的女儿来我家质问我，为什么那么多去参赛的孩子中，记者只报道郑婉旸？

其实于我和我的女儿，这不过只是翻过去的一页，我们不以为喜，不以为傲，依旧踏踏实实继续我们的学习。我为女儿感到自豪的是，她小小年纪就这么淡定懂事，懂得淡泊名利，懂得低调、不事张扬。在获奖之后，婉旸首先想到的不是告诉我们获奖信息，而是想着赶紧跟妈妈联系，报个平安，让家人放心。

多年后，婉旸上了中央音乐学院附中，她的班主任刘踪平老师找到我，说准备推荐婉旸去广州参加一个演出，让我把婉旸所有钢琴比赛的获奖证书复印件给他。我告诉刘老师，以前在宁夏那些比赛的证书都被我当废品卖了，刘老师非常生气，说："哪有你这样当妈的，太不珍惜孩子的荣誉了。"

从法国回来后，婉旸小嘴不停地与我聊天，仿佛要把分别半月的话全部说完。她告诉我，给我打电话时，她使劲忍着不哭，怕我担心。"为什么忍着不哭。腮帮子就会酸呢？"婉旸问我。婉旸还十分惊奇地告诉我，国外比赛是倒着发奖，发奖时，都快到最后了还没有她，以为自己没获奖呢！没想到最后一个给她发，而且还发了三个大奖杯，自己都拿不了了，先下台放下一个，才又上去拿的。她说合影时，她把自己的奖杯分给了没有获奖的同学。还说相机丢失后，导游钟丽丝女士（《顽童时代》作者）欲把自己的照相机送给她，被婉旸婉拒了。

不久，婉旸又参加了宁夏"利达杯"钢琴比赛，获得了第一名。那时的婉旸已经在银川小有名气，去报名时，我亲眼看到一个小姑娘紧张地跟她妈妈说，听说在法国获奖的那个小孩也参赛。

COMPETITION
O - ORGAN
RANCE

22th to 28th
JULY 2002

婉旸十分惊奇地告诉我，国外比赛是倒着发奖，发奖时，都快到最后了还没有她，以为自己没获奖呢！没想到最后一个给她发，而且还发了三个大奖杯，自己都拿不了了，先下台放下一个，才又上去拿的。

我鼓励女儿参加力所能及的比赛，但不要太在意比赛结果。每次比赛前，我都会告诉女儿，我们尽最大的努力，做最坏的打算。这是从小妈妈教育我的。比赛后，我会与婉旸一起总结成功的经验，吸取失利的教训，力争更大进步。获奖了，我会告诉女儿，这只能证明你的过去，但不能代表未来。我要教育女儿，得志不骄嚣，失意不沮丧，从小淡然面对荣辱得失，笑对生活起落沉浮。

升入初中

　　小升初的假期，周围的孩子大多开始补习初中课程，以备开学后能轻松一些，我在婉旸的强烈要求下，请假准备带她到南方小姨家玩。

　　自婉旸开始学琴，每天不间断地练琴，除了参加比赛、演出等活动，我从未带她旅游过，除时间原因外，当然还有经济上的原因。我总是想方设法算计着，希望把有限的收入投入到无止境的钢琴学习上。

　　我非常喜欢坐火车旅行，很享受在火车上的时光，可以让我放松身心，暂时远离平日的紧张忙碌；可以让我随着列车的前行，静下心来，看窗外流动的风景。人生，何尝不是一趟前行的列车？走过千山万水，穿越朝云暮雨，终须快慢有致，走走停停，方能领略个中韵味。暂时停下来，带着女儿看世界，更是别样欢喜。

从北方到南国，从黄土高原到江南水乡，从陕北窑洞到徽式建筑，景色随空间变换，思绪随景色飞扬。婉旸也极其享受这段难得的悠闲时光，一路上，或读书，或静静地欣赏窗外的美景，或与我聊天，展望未来的中学生活。

利用火车上的时间，我大概给婉旸讲了中学与小学的不同，告诉她景博中学的老师要求高、课业负担重，所以上中学后要更加抓紧时间，才会有更多时间练琴。

婉旸进入中学之后，晚饭前完成所有作业几乎没有可能，每天语、数、外三门主课，至少都有一份卷子要做，所有作业写完，基本就十点左右了，匆忙练一小时琴，就得催着她睡觉，根本没有时间细琢磨。

看着每天早出晚归的婉旸连锻炼的时间都没有，我决定每天陪着她走路上学。我试了一下，从我家到景博中学，快走需要25分钟。学校规定7点半之前到校，从此，我每天与婉旸一起，7点从家出门，穿过中山公园，从南门进，西门出，直到我们离开银川。

但是行走的过程却不是很顺利，婉旸每天出门时兴高采烈，与我不停嘴地讲前一天学校的事情，谁被老师表扬了，谁被赶回家拿作业了……但往往走到最后三五分钟时，由于太累就没了精神，并开始"反抗"，要么不肯继续走，要么把书包扔地上不背了，我只好帮她背着沉重的书包。正因为后面几分钟的耽误，使婉旸经常迟到，也因此经常受罚。班主任李福林老师罚她或出去跑步，或下楼捡捡垃圾（我很感谢李老师对我女儿这样的惩罚）。当然，李老师了解婉旸每天又要练琴，又得做作业，挺同情她。因此，经常把迟到时间截止到婉旸到校时间，过了7点半她进门后，再来的就算迟到了。

婉旸考入大学之后，宁夏教育电视台《成长》栏目曾专门做了一期节目，沿着我们曾经走过的上学路，讲述了十年来我们的求学过程。

总体来讲，婉旸在景博中学的日子是开心的，班主任兼语文老师李福林敬业认真，婉旸放学回家后，经常给我描述并表演李老师绘声绘色的讲课情景。

从婉旸一岁我给她念故事书，到小学一年级后她开始每天自己读书，酷爱读书的婉旸每天除了练琴几乎手不释卷，再加上遇到了很好的语文老师，婉旸的语文成绩突飞猛进。第二学期，李老师就让她当上了语文课代表。高考时，婉旸的语文基础部分几乎满分。

刚进入景博中学时，婉旸并不太适应，第一次考试成绩也不理想，数学83分、英语89分，用满分120的卷子衡量，也就算是中等吧。拿着成绩单及排名（第23名），婉旸显得十分沮丧。我看看她的成绩单说："不错呀，我的女儿一边上学，一边还能坚持每天练琴，从不间断，这个成绩妈妈很满意。"听了我的话，婉旸有些释然，但仍不时地问我："妈妈，你真的觉着我的成绩不错吗？"

其实，我心里坚信，婉旸这样学下去，很快就会进入前十名。果然，期末考试，婉旸的成绩一下子跃进全班前十，得了进步最快奖。细想，她似乎没有做多大努力，只是每天认真做好每一门课的作业和试卷。从小到大，我从没有拿婉旸与任何孩子比较过，我只是按照我的计划，一步步踏实地教育她、帮助她，随时修正她的成长道路。

音缘

初一结束的那个暑假，我们参加了银川电视台主办的全区"希望之星"乐器比赛，婉旸轻而易举获得金奖，并被推荐到北京参加全国总决赛。

能代表宁夏到北京参赛，能回一趟老家北京，对婉旸来讲，是极开心的事。

到了北京，经朋友介绍，我们住在南礼士路口的一个酒店，离中央音乐学院很近，但当时我们却不知道。离开北京太久了，北京的变化很大，我分不清东南西北，也懒得看地图，出门基本靠嘴，逢人就问要去的地方该怎么走。

来参加比赛，首要任务是先找地方练琴。经多方寻找、打听，费了很大劲，我们才找到位于崇文门附近的一个琴行。

琴行很大，透过临街的大玻璃窗，能看到里面的九尺施坦威钢琴极其气派地矗立在墨绿色的舞台上。婉旸惊呼："太豪华了！"一下子就被吸引过去，旁若无人地坐上琴凳弹了起来。

我坐在下面的椅子上看婉旸正面对着玻璃窗练琴。窗外，不时有路人驻足朝里张望，有的干脆驻足静听，不知什么时候，我身旁也聚集了不少听众。

两小时后，婉旸练毕。我们起身准备离开，刚走到门口后面追上来一位先生："等等，你是音乐学院附小的吗？""不是，"婉旸摇摇头，有点不好意思，"不过，总有一天我会考进附中的！"

"哦？你很有信心嘛！我坚信你一定行！"一边聊着，我们一边走出琴行，在询问了我们的住处后，这位先生执意要把我们送回到酒店。婉旸非常开心，没有犹豫，欣然上车。我是个戒备心很重的人，我宁可坐地铁、倒公交，也不愿图陌生人的方便。但是当着他的面，我一时又想不出来借口。在他的坚持下，我也只好上了车。坐好后，我就用手机打出110，拇指一直没有离开接通键。我想，一旦发现他图谋不轨，我就拨出去。

路上，我们得知这位先生姓乔，小时候学过钢琴，非常热爱古典音乐。乔先生现在有一家投资公司，他的太太是美国人，也非常喜欢音乐。听婉旸说如果比赛获金奖的话，将有机会在钓鱼台国宾馆演奏，乔先生非常高兴，说到时一定要去现场，并把他的电话留给了我。

第二天上午，婉旸顺利参加了比赛，表现不错，当晚便获知获得了金奖。

其实我们的住处离钓鱼台很近，但我完全没有概念。按早晨 9 点之前必须到达现场的规定，我怕时间来不及，只好忍痛打车前往，这才发现，只拐了两个弯就到了。

乔先生如约前来，还带来了他漂亮的美国太太 Rose 女士，俩人打扮得正式且精致，一个西装领带，一个礼服皮鞋。婉旸悄悄跟我说："嘿嘿，我演出，他俩穿这么漂亮干吗？"虽然这样说，其实婉旸心里是喜欢的。从小，只要家里来了漂亮的姐姐或阿姨，婉旸就会一直跟着人家，毫不吝啬地夸人家漂亮，跟人家套近乎。对这个漂亮的外国阿姨，婉旸自然更是喜欢，因此，很快与 Rose 女士熟悉亲近得如同一家人。

Rose 个子很高，大概有一米七五吧，婉旸仰着小脑袋对她说："Rose 阿姨，我长大也要像你这么高这么漂亮。"Rose 弯下腰，捧着婉旸的小脸蛋，用不太利索的中文说"你好好练琴，将来去美国留学，美国有全世界最好的音乐学院。"

或许因为 Rose 女士的这句话，从此改变了婉旸去奥地利学钢琴的想法。

婉旸演出结束后，在送我们回酒店的路上，乔先生很认真地跟我说："带着孩子来北京学琴吧，学费你不用担心，我会想办法帮助你们，这孩子很灵，音乐感觉好，不要耽误了！"又说，"将来一定要让婉旸到美国留学，我会帮助她考最好的音乐学院。"或许说者有心，但是听者无意。对于他的话，我并未入心。

婉旸与当时景博中学班主任李福林老师合影。

初见赵屏国教授

2000 年秋天，妈妈回北京参加北京 22 中同学聚会，在聚会中，妈妈的中学好友张梦菊阿姨给参加聚会的同学读了《银川晚报》关于婉旸的报道，并问谁能为咱们这个小孙女在北京找个好老师。这时，同是妈妈中学同学的杨承佑阿姨说："我能找到郎朗的恩师赵屏国教授。"原来她的哥哥杨承諟叔叔与赵屏国老师是北京五中同班同学，他们是好朋友。

20 世纪 50 年代，赵老师在他们的音乐老师的帮助下走上了钢琴之路，杨叔叔则放弃了进入中央音乐学院学指挥的机会，毅然选择了另一条截然不同的道路——去甘肃，加入到为国家研制原子弹的队伍，直到退休后回到北京。

就这样，在杨承諟叔叔的努力下，我们得以见到赵屏国老师。

那是婉旸六年级的寒假。去见赵老师那天，下着小雪，天寒路滑，车开得很慢，再加上道路不熟悉，我们迟到了。

我拉着婉旸的小手，满怀着深深的崇敬、深深的向往、深深的期待，以及深深的胆怯，匆匆走进大门，来不及细看大门上面"中央音乐学院"那六个金色大字。

　　来开门的正是赵屏国教授。赵老师高高的个子，精神矍铄，微笑着，平静和蔼，丝毫没有因为我们的迟到而愠怒。几乎没有多余的话，赵老师直接就让婉旸开始弹琴。这个小琴室是在赵老师家进门处，用其中一个洗手间改造的。

　　婉旸准备的是一首巴赫二部创意曲，之所以给赵老师弹巴赫，是因为银川的老师都说婉旸这首曲子弹得好,说她头脑清楚、声部清晰。赵老师耐心听婉旸弹完，没有对婉旸的弹奏做任何评价，只是不断地说："我们学校的小四、小五年级刚考完试，你们真应该早点来，听听他们弹琴。"我听出了赵老师的意思，是说婉旸当时的程度还不如中央音乐学院附小四五年级的学生。

　　然后赵老师问婉旸："你了解巴赫吗？你知道谁演奏的巴赫作品最好吗？"婉旸摇头。当然我也不知道，当时我的知识水平也仅限于婉旸弹过的《巴赫二部创意曲》《巴赫三部创意曲》。

　　赵老师接着说："德国作曲家巴赫是伟大的西方音乐之父，他的整个音乐家族人丁兴旺，从 16 世纪中叶到 19 世纪的三百年间，共诞生了 52 位音乐家，他写出了八百多首严肃音乐，包括《平均律钢琴曲集》（48 首赋格和前奏曲）、23 首协奏曲、4 首序曲、33 首奏鸣曲、5 个弥撒曲、3 首圣乐曲。巴赫的作

婉旸与赵屏国教授。

品深沉、悲壮、广阔、内在，萃集了欧洲传统音乐之精华，其中《马太受难曲》《b 小调弥撒》是他最有影响的作品。"

赵老师还告诉我们，有一个叫"古尔德"的钢琴家弹巴赫的曲子弹得最好，让我们回去找些他的录音听。

头一次感觉一节课的时间这么快，只讲了两页前奏曲。赵老师逐句给我们讲解，细致到每一小节，赵老师说，巴赫的作品有主题、对题，主题倒置、紧缩，上下句等，要在很小的篇幅里，做出很多变化……我很惊喜，也很郁闷，因为感觉太难了，我记了很多笔记，但几乎没有听懂。印象最深的是赵老师说，从主题到副题到过渡段，是从大街到小胡同的感觉，但是，我真的一点都不明白。

从赵屏国老师家出来已是傍晚，雪停了，地面一片洁白。听着脚下咯吱咯吱的踩雪声，看着一个个背着乐器、抱着乐谱的学生，在极度的羡慕中，我们走出中央音乐学院，一路无言。

那一刻，天是冷的，心也很凉。

从北京回来的一段时间，我们谁也没有再提去北京学琴的事情。

艰难抉择

　　六年级后，艾老师为了婉旸有更大的进步，把她介绍给西北第二民族学院钢琴系外教奥莉卡老师。

　　奥莉卡是位非常负责的老师，她耐心且敬业，尤其对婉旸，几乎每次课都上将近两个小时，五一、十一长假，她给所有学生都放假，唯独给婉旸一人照常上课。

　　但是我不得不遗憾地说，婉旸在奥莉卡那里学到的东西并不多，这不怨奥莉卡老师，而是由于上初中后，课业负担较重，尽管我不在乎分数，但是婉旸却很认真。她每天完成作业，时间就比较晚了，匆匆练一小时琴，也基本如同小和尚念经，老师讲的东西许多都记不清，再加上与奥莉卡老师的语言不通，因此进步不大。

　　那两年，我的工作也非常忙，身为药厂的质量总监，除了处理公司日常工作，还要协调各种上下级关系，经常在外面办事，一跑就是一天，到晚上回家后也是筋疲力尽，往往靠在床上听着婉旸弹琴就睡着了。

由于老师留的曲子婉旸总也弹得不很满意，极其认真的奥莉卡老师也就不给她留新曲子。

这种情况持续了将近一年，婉旸的练琴热情在不断下降，练琴时间也逐渐缩短。鉴于此情形，我开始考虑她的下一步发展方向，我要尽快决定我们的未来，是学钢琴还是学文化课。

之前跟艾老师学琴时，艾老师曾屡次建议婉旸考西安音乐学院，但婉旸很坚决，除了中央音乐学院，哪儿都不考！对于我来讲，一方面，是女儿和我都热爱的钢琴，另一方面，是我正如火如荼的工作，提职加薪，领导信任、员工支持，让我对自己的工作十分不舍。婉旸爸爸当时已经回到宁夏设计院工作，收入还算不错，婉旸的文化课成绩也在稳步攀升，这些都让我十分纠结。

转眼婉旸升入初二，开学一个多月来，作业的负担使她几乎不再有时间练琴。我看在眼里，急在心上，考虑再三，决定利用周末带她到公园锻炼的机会，跟她认真谈一次。

9月的清晨，天清气爽，我与婉旸坐在湖边的长椅上，眼前黄叶蔽树，秋色已渐。

我问婉旸："中学上了一年，你现在跟妈妈说心里话，是想继续在景博中学学文化课，还是去北京学钢琴？"婉旸斩钉截铁地说："去北京学钢琴。我要考中央音乐学院，我要当钢琴家！"

　　我看着婉旸，严肃地跟她说："如果去北京学琴，可不是去玩儿。不能像小时候那样住酒店、出门动辄打车。我们必须自己租房、自己做饭。在北京学琴的开销也很大，我们的生活将会非常艰苦。"我与女儿约法三章，一是如果去北京学琴，每天必须保证十小时左右的练琴时间；二是到北京后，不能再吃零食；三是到北京之后，不许再睡午觉。

　　婉旸略加思索，坚决地说："妈妈，我去北京，我会按你的要求做！"

　　从小，女儿决定做一件事之前，我都会给她分析利弊，并把我的要求告诉她，让她考虑清楚再决定是否继续。当然了，作为妈妈，我会在关键问题上帮她把关。

　　回家商量的结果，全家反对，婉旸爸爸坚决不同意，说风险太大，弄不好鸡飞蛋打；姥姥担心婉旸学习专业后，文化课学得少，文化素质会较低；而姥爷则觉着外孙女这么小就离开他们在外面吃苦，太可怜。其实，做这个决定对我来讲并不轻松，也不踏实，因为我知道，这是一条无法预知未来的艰辛之路。

　　最终，我决定，为了女儿的梦想，孤注一掷再努力一把！好在在教育女儿的问题上，家里所有人都只是建议、商量，不会强制性地干预，最终的主意还是我来拿。

孤注一掷

　　没有再与家人商量，记得一篇文章中说，如果迟疑不决时，请先把你的帽子扔过墙！

　　我决定先给赵屏国教授写一封信，告诉他，我们尤其婉旸是如何热爱音乐、喜欢弹琴。在信中，我详细叙述了婉旸从小对音乐的热爱和她对去北京学钢琴的向往，以及如何期待能与赵老师学习，用真情打动他。实际上，我对女儿是有信心的，我深知她的音乐感觉，我更了解她的学习和接受能力。写信还有另一个原因，我怕当面或打电话被赵老师一口回绝的话，不会央求人的我就会无计可施，既然决定了，我就要尽最大努力，让他无法拒绝。

　　那是一个秋阳肆虐的下午，我手里紧紧攥着给赵屏国老师的信，在邮局外徘徊。思绪，在汗水浸泡下激烈挣扎！对这位德高望重的老人，我们是不能出尔反尔的。因此，一旦这封信

六年级，艾老师为了婉旸进步更大，把她介绍给西北第二民族学院钢琴外教奥莉卡老师。

寄出去，一旦赵老师同意接受婉旸，我们就再没有退路，我必须孤注一掷地陪女儿走向一条无法预知艰辛和未来的道路。这意味着我将要辞去工作，也意味着女儿将要离开好不容易进入的景博中学……犹豫多时，在邮局将要下班之际，我终于寄出了这封承载着我们希望的挂号信。

信寄出去之后，我没有再过多考虑这件事。当时想，像赵老师这样的教授，或许不会有时间搭理我们，尤其对婉旸这种在他心目中并不耀眼的学生。我依旧每天陪婉旸上学、练琴。这期间，乔先生也给我打过几次电话，一直动员我带着女儿去北京学琴。

半个月后的一天晚上，正陪着婉旸练琴时，我的手机响了，显示是北京来电，我不由得有些紧张，迟疑了一下，接通后，果然是赵老师的。

那时的赵屏国老师已经是培养出来郎朗、孙佳依、谢亚欧等众多活跃在世界各地的钢琴家且作为许多国际大赛评委而享誉世界的知名教授。我完全没有想到，这样一位名德众望的教授会亲自给我打电话，电话那边赵老师温和亲切的声音一下缓解了我的紧张情绪。赵老师说，要到北京学琴，会面临许多困难，如住宿、练琴、文化课，等等，事无巨细地提醒我是否都考虑清楚，甚至提醒我，一旦决定了，这将是一条无法反悔的路。

我生怕万一说哪个问题没考虑周全，而失去与赵老师学琴的机会，便毫不犹豫地说都准备好了，尽管很多困难我当时完全没有想到。直到赵老师说，那你们来吧。婉旸欣喜若狂，兴奋地从琴凳上跳了起来。

第二天，婉旸爸爸来到景博中学，找到当时婉旸的班主任李福林老师，向他说明我和女儿的打算。同时，希望学校能为婉旸保留一年学籍，以备万一。李老师欣然允诺。同时，我也向公司递交了辞职申请。

既然决定了，就一刻也不停留，我们迅速收拾起了东西。这一刻，兴奋多于纠结。毕竟，我们是追逐着热爱的事业，不跨出这一步，永远无法体验前路的艰辛和坎坷！当然，不跨出这一步，也永远看不到这条路上的希望，更无法享受到坚持之后的辉煌！

追梦

清晨，我拉着婉旸的小手，与往日一样，从中山公园匆匆穿过。一路秋景，满地的落叶在晨风中，盈盈舞动，仿佛在与我们告别。

清秋惜别梦不休

2004年10月26日清晨，银川。照例，我和婉旸起早，洗漱、吃饭。与往日一样，我拉着婉旸小手，从中山公园匆匆穿过。一路秋景，满地的落叶在晨风中，盈盈舞动，仿佛在与我们告别。目送婉旸进校门，我转身继续等车、赶路。

去往公司的路上，有两排槐树，这是我到龙凤药业第二年才种下的。不过几年光景，这些小树已能为路人遮挡风雨了。

我仍然是第一个走进公司大门，径直走向挂着"质量总监"铜牌的那扇门。

龙凤药业，这个我曾经工作的地方，这个记录了我许多欢乐和奋斗故事的地方，在这里，我从一个小小的质量部质检员工成长为经理，直到最后成为质量总监。这个伴我成长起来、坚强起来、自信并逐渐辉煌起来的地方，还有我可爱的同事，那些比女儿大不了多少的孩子们，我对它、对他们有着诸多不舍……

　　整整一个上午，我一遍遍给他们交待着遗留下的工作，直到午饭后。

　　一上午，婉旸坚持上完在景博中学的最后五节课，中午自己坐公交车回到家，没有跟同学告别，除了班主任李老师，班里没有任何人知道她的去向。我并没有告诉她，李老师答应与校长商量，帮她保留一年学籍。我只是告诉婉旸，一旦走出这一步，我们就没有退路，唯有刻苦练琴。

　　下午，去往火车站的出租车上，婉旸童心无忌、兴高采烈，我让出租车司机绕道开发区，最后看一眼龙凤药业。为了我的女儿，此去，不再回头！

　　多年以后，很多人问我，当年为了女儿辞去工作时，有没有想过将来？说心里话，我当时最担心的是女儿的学业，我怕她万一考不上中央音乐学院，不仅学专业无望，文化课也耽误了。其次，我担心仅凭婉旸爸爸一个人的工资无法长久支撑我们的生活和学费。至于我自己，我始终认为，自己不笨不傻，只要肯努力学习，持续进步，是不用发愁未来的。或许将来女儿学有所成，成了钢琴家，在与她的共同学习中，我能成为钢琴老师。至少，通过耳濡目染诸多大师的教学，我坚信我能够将最正确的方法传授给孩子们；至少，我会让将来的一些孩子少走或不走弯路，能让他们快乐学琴！

　　事后证明，兼有陪读家长和钢琴教师双重身份的我，在经历了与女儿一起改毛病改方法，经历了二十多年与女儿一起上大师课，在孩子启蒙、教育和引导家长陪练方面，有着更多的经验和优势。

城边栖身求学路

之前讲过，婉旸小时候来北京参加比赛时，遇到的那位乔先生，他在当时钓鱼台国宾馆举行的颁奖音乐会上听过婉旸的演奏，婉旸与众不同的乐感让他很喜欢，在我们回到银川的两年间，他曾数次打电话给我，想资助婉旸学习钢琴。

来北京之初，正是这位乔先生给了我们极大的帮助。他先是帮我们找到住处——是他朋友（房东）的工厂里，一个废弃不用的大车间改造的三居室。巧的是，房东的女儿也准备学钢琴。由于上一辈的渊源，房东的工厂一直由他资助。乔先生将我们送到住处帮我们安顿好，准备离开时乔先生说："你们踏实住着，不用担心租金，在这个地方练琴你不用担心影响邻居。"然后，又意味深长地看了我一眼，嘱咐道，"有事不用怕，直接给我打电话。"

这里是城乡结合部或可以说是城中村，环境很差，用脏乱差来形容一点也不过分，有大车驶过时会扬起阵阵尘烟。如果是在银川，我是完全不能忍受的，但是现在，考虑不了那么多了，有住处，还不用交租金，重要的是能够随心所欲地练琴，我已经太知足了。

第二天，乔先生一早赶过来，告诉我已经联系好琴行。吃过午饭，乔先生便带着我们来到钢琴城，并执意为婉旸买了一架海兹曼牌钢琴。

钢琴拉回来，房东对抬琴师傅说："就把钢琴放在前院大厅吧。"我还没来得及说话，乔先生扭头问我："你说放哪儿？""放在我们卧室。"我没有丝毫犹豫。"好，把钢琴抬到后面小院房间的卧室里。"乔先生对抬琴的师傅说。那一瞬间，我撇到房东脸上闪过一丝不快。我没有多想，在女儿练琴的问题上，我是当仁不让的！只有把钢琴放在离我们最近、最方便的地方，婉旸才有可能随心所欲、没有干扰、不受限制地练琴。

钢琴抬进来摆好后，婉旸开心极了，小手轻轻抚摸着她的新钢琴："妈妈，我太富有了，这么小就有两架大钢琴。我真得好好练琴。"有了钢琴，我心里也就踏实了，至少，婉旸有事做了。没想到乔先生如此周到迅速，同时我也突然意识到，我们已经没有退路，唯有尽快安下心来。

就这样，大卧室里除了一张床、一个单人沙发，又多了一架钢琴。我想起来艾老师曾经说过的话："你知道中央音乐学院的学生都是怎么考上的吗？就是一张床一架琴，醒了练琴，累了睡觉，醒来再接着练……"我突然感觉到，或许我们将来的日子就是这样了。

当晚，我就给赵老师打电话约课。赵老师仔细询问我买的什么琴，什么型号，生活是否都安顿好了，等等。然后说："明天下午五点来上课吧。"

婉旸爸爸把我们送到北京，按计划准备待一周，陪我们熟悉一下周围环境，把我们的生活安顿好再回银川上班。但到北京的第三天，他就接到婉旸奶奶住院准备做手术的电话，在为我们购置了简单的生活用品后，就匆忙回银川了。

突然剩下我和女儿来面对陌生的环境，我有些不知所措，尤其对我这个极品路痴来讲，甚至来不及记住回家的路。第一次独自带女儿上专业课回来，已是晚上8点多。北京的冬天，下午5点左右就已经漆黑。下公交车后，面对混乱、交错的岔路和出租房，辨不清东南西北的我们在黑乎乎的小胡同里找了一个多小时才找到家。时间越晚，天色越暗，心中越焦急、越恐惧，却要保持着淡定，装作没事，安慰同样惶恐的女儿。

我其实是个不喜欢动脑子的人，不喜欢看地图，也很少记路，不喜欢与陌生人交往，更很少应酬。来北京前，我们住在我父母家，基本不用操心生活。从小到大，我只熟悉周围很有限的环境，实在需要出门，不认识或找不到地方时，往往问一下路人就解决了。

这件事对我影响很大，我意识到，今后陪女儿学琴的大部

钢琴抬进来摆好后，婉旸开心极了，小手轻轻抚摸着她的新钢琴："妈妈，我太富有了，这么小就有两架大钢琴。我真得好好练琴。"

分时间只有我和女儿两人在一起，因此我必须尽快独立起来，努力熟悉周围环境，迅速适应目前的生活，以保证女儿能安下心学习。因为只有我镇定，女儿才能踏实。

去旧承新路迢迢

赵屏国教授是位和蔼可亲、慈祥平和的老人，低调谦虚，认真负责，从不会打击学生，即使批评，也是用很幽默的语言调侃；更是很少提起过往的成就。跟他在一起时，我甚至没有听到他主动提起过郎朗。多年以后，想起来与赵老师学琴的那段日子，我们依旧十分怀念！

毋庸置疑，与赵老师在一起的日子是婉旸学琴生涯中最快乐的五年，也是我陪练日子里最轻松的时期。我们跟赵老师从最基本的触键和放松开始，在赵老师细致耐心的讲解中认真练习，一点点进步。

我们如约来到赵老师家。再次见到赵老师，他老人家已是华发满头，但仍旧精神矍铄。赵老师竟然还记得婉旸，一见面，吃惊地看着婉旸："长这么高了。"赵老师先大概问了婉旸的学习情况，专业课跟谁学，每天练琴时间等，然后说："好，我们抓紧时间上课，都学什么了？先弹弹。"

婉旸给赵老师弹了哈恰图良的《托卡塔》《巴赫平均律》第二册 No.11、肖邦练习曲《蝴蝶》，这三首都是放暑假前奥莉卡老师留的作业。还有一首，一直不知道是哪个作曲家的作品，当时是奥莉卡老师给我们的复印谱，婉旸练了差不多两年了，赵老师听完告诉我们，这是德彪西的作品。

很多家长带着孩子见新老师时，往往要拿孩子练得最好的曲子。但我不这样认为，我觉着没必要将最好的东西展示给老师，而是应该充分暴露自己的弱点，让老师了解孩子最真实的一面，才能更有针对性地讲授。

四个曲子都弹完，赵老师没有任何表示，看不到丝毫夸奖我们的意思。赵老师先是问了我们将来的打算，想了想，说："嗯，这几个曲子也就刚刚练下来吧，"然后，马上严肃起来，"现在离附中招生考试时间不多了，形势比较严峻，对你来讲，必须两条腿走路，一是加强基本功训练，迅速提高技术水平；二是要学习音乐，把音乐充分表现出来。"随后又问，既然你文化课成绩也不错，为什么要选择这么一条艰辛的路？赵老师还说，许多家长以为弹完了考级曲子就万事大吉了，其实是远远不够的，考级曲子只是众多钢琴曲中的极小一部分。

从赵老师言语的点滴中，我已经捕捉到，无论从音乐表现还是从技术训练，他对婉旸的感觉依然不好。顿时刚来时的那点自信和优越感消失殆尽。对于还沉浸在女儿动辄比赛第一的我来讲，这无疑是个不小的打击，尽管我已经有了充分的心理准备。

回家的路上，婉旸小心翼翼地问我："妈妈，你是不是不开心了？""没有啊！"我尽量装得轻松，女儿或许看出了我的心思，仰着小脸看着我，非常认真："妈妈，你要相信我，我一定能学好！"

是的，我相信自己，也相信我的女儿，我坚信在赵屏国教授的指导下，她一定会有翻天覆地的变化。虽然有些失望，但我还是暗下决心，不管有多困难，我都要尽我最大的努力和能力帮助女儿实现她的梦想！我深知，在孩子成长道路上，父母的正确引导、父母的鼓励和支持对孩子将来的成功有着决定性作用。

赵老师开始从最基础的内容教婉旸，包括颗粒性练习、断奏练习和弦弹法等，而所有这些一定是在全身放松的前提下进行的。一节课下来，我和婉旸均感觉很难，但收获也很大，全是新的东西，就连我们用了七年的触键方式都被否定。我感觉我们此行任重而道远！

课后，赵老师给我们换掉了之前的所有曲目，练习曲退到《车尔尼练习曲 740》，No.50；《巴赫平均律》换第一册No.3；奏鸣曲换成贝多芬的早期作品 Op.22 No.11。

临来北京前，妈妈把家里的摄像机给了我，上课前，我们征得赵老师同意，把上课内容录下来，以便回家复习。后来得

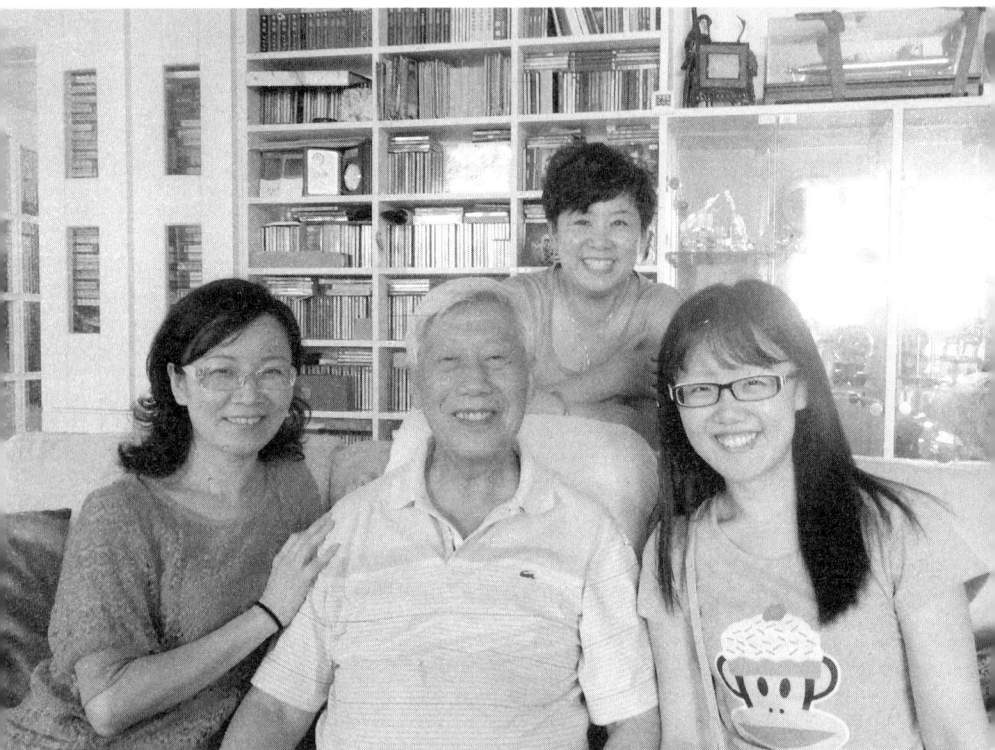

赵屏国教授是位和蔼可亲、慈祥平和的老人，低调谦虚，认真负责，从不会打击学生，即使批评，也是用很幽默的语言调侃；更是很少提起过往的成就。跟他在一起时，我甚至没有听到他主动提起过郎朗。多年以后，想起来与赵老师学琴的那段日子，我们依旧十分怀念！

知，赵老师是鼓励学生录音录像的。多年后，婉旸出国放假回来，我们去看望赵老师，赵老师听说婉旸在美国的老师允许她上课录音（婉旸是唯一一个被她的老师允许录音的学生），非常高兴。他老人家仍然强调录音录像的重要性，说："上完课回去，也许过两天就记不清了，这时把录像拿出来看看，或把录音拿出来听听，就如同又上了一节课。"

从女儿四岁学电子琴开始，我就一直记听课笔记，每节课坚持，把老师讲的内容认真记录下来，回到家，再看着笔记辅导婉旸练琴。后来就用录音机录。再后来，条件好一些，我们就用录像机了。婉旸上大学及至出国后，一个人去上课没法录像，又改用录音笔，回来后自己反复听录音消化，把重要的内容记在书上。这个好习惯无疑为婉旸日后的快速进步起到了推波助澜的作用。

我们按照赵老师新教的方法，从《车尔尼740练习曲》开始，一个音一个音，扎扎实实地练习。我每天坐在婉旸身旁，与她一起，边看赵老师上课录像，边盯她音符不出错的同时，还不时要扶她手臂，提醒她放松。

不知不觉中，我惊喜地发现，婉旸的背挺起来了，触键声音也柔和好听了。以前，看她弹琴的人包括老师都说她弹琴驼背，老师经常会推着她的后背让她挺起胸，我也经常提醒她坐直，但均不奏效。没想到方法正确了，弹琴姿势自然也就舒服了。看来，正确的弹琴方法真是太重要了。

随着主要事情安顿好之后，我和婉旸一起制订了我们在北京的作息时间表：

　　5:30　　起床，在院子里打羽毛球一小时

　　7:00　　早饭

　　7:30～8:20　　念英语

　　8:30～12:00　　练琴

　　13:30～16:30　　练琴

　　19:00～21:00　　练琴

　　21:30　　准备睡觉

中间间隔的时间，婉旸可以自由读书。

天寒水凝暖气凉

北京的冬天，天黑得很早。我们的住处在当时还是非常偏僻的，周围除了当地农民外，还租住着许多做生意的小商人，加上刚到这里，人生地不熟，所以天一黑，我心里就很害怕，无缘由的各种害怕。我每天下午 4 点左右开始做饭，为的是能在天黑之前吃完晚饭，洗漱收拾完不再去外面。每天天擦黑，我就锁好院门，晚上睡觉时，再锁两道门（客厅门和卧室门），最后再在卧室门后面顶上沙发，即使如此，也还是担心。

随着天气越来越冷，大风天也越来越多。我们小院的铁门经常在狂风的敲击下猛烈撞击院墙，咣当咣当之声几乎彻夜不绝，在静夜里尤显得清冷瘆人。

入冬不久的一天，天气预报大风降温，隔壁一个好心的小工人下班后特地跑来告诉我，晚上睡觉前一定要把自来水龙头打开，以免次日水管被冻住。晚饭后收拾完毕准备锁门时，想起他的话，我打开水龙头，但是眼看着白花花的水就这样流走，我觉着实在太可惜，犹豫一下，又关上了。

第二天一大早，我照例起床去水房准备洗漱，打开水龙头，没有滴水，我想可能是暂时停水，也没当回事，返身进屋叫醒熟睡的婉旸。

一小时后，等我们锻炼回来，依然没有水，奇怪之时，我突然想起来前一天隔壁小工人告诉我的话，猛地反应过来，水管是被冻住了。我瞬间没了主意，这冬天才开始不久，往后的日子可怎么办？去哪儿洗衣服？怎么做饭？没有水，这是多可怕的事情啊！

情急之下，我想起来小时候住平房，严冬时，院子里的公用水管也会被冻住，当时大人们会用开水浇、点火烧，于是我也照样尝试，把屋里仅有的一暖瓶热水浇下去，无果，只好又去隔壁车间借了打火机，点着报纸烧。但是，折腾半天，水管都被烧黑了，依然毫不奏效。

在卧室里练琴的女儿透过玻璃窗看到我的一举一动，跑出来安慰我："妈妈，不用发愁，以后我们去前院的厨房提水，我帮你。"

此后的整整一个冬天，每天女儿和我一起锻炼回来就拿着水桶、水壶去前院厨房提水。

我惊异于自己的劳动潜能，竟能毫不歇气地提一大桶水回家。每次提水，我都会想起来小时候，在冰冻的日子里，与妹妹一起去公用水管抬水，也是这么一大桶，我总是尽量把水桶靠近我，让小我三岁的妹妹轻松些。三十多年穿越，我竟又回到从前的日子。我坚决不让婉旸提大水桶，我要尽最大能力保护女儿的手！女儿的手指是用来弹钢琴的，是用来演奏美妙音乐的，而不是干重活的。

　　这里的暖气都是每家自己烧，房子外面有一个大炉子，就是以前家里烧的那种煤炉子的放大版。房东派一个工人每天帮我们烧，但是屋里却不热，只有十一二摄氏度。

　　小时候，看爸爸弄家里的炉子，我还是有印象的，依稀记得爸爸说，要让炉子中间有空隙，煤才能充分燃烧起来，因此，我决定自己烧。我一开始手忙脚乱，不是把火压灭，就是烧不起来。实践了几天后，暖气逐渐热起来，房间里的温度逐渐上升，也不用穿着棉衣棉裤了。女儿很开心地夸我："看看，有学问就是棒，我妈妈连暖气都烧得比工人好哦！"每天早晨，我起床第一件事就是赶紧穿上棉衣、裹上头巾、戴着口罩，把自己捂得严严实实，出去把炉子通开，以保证婉旸起床时房间里是暖和的。

　　但是不久，我发现一个奇怪的现象，经常是我烧得很旺的炉子莫名其妙就被压上很多大煤块，随之暖气也凉了下来，到晚上时更是被压死，又恢复到原来的十一二度。我留心观察几次，发现只要暖气热了，就有工人来给压住，忍不住问原因，说是房东不让暖气烧起来。

为了不影响婉旸练琴，为了能安心住下不搬家，也为了不给乔先生找麻烦，我没有深究，也只好不再弄炉子烧暖气了。

小屋惊魂

　　大卧室的冰冷已经让我们无法忍受，每天婉旸练琴练得大汗淋漓时，脱了外衣，但一停下来几乎瞬间就又浑身冰冷。我怕女儿冻感冒，同时也因为房间的冰冷让我们晚上基本无法深睡，最终我和婉旸商量，一起小心地把钢琴推到对面小卧室。

　　这间小卧室是个套间，大概有六七平方米，空间小且离暖气距离近。它的外面还有一小间，被我们用作厨房了，因此，要进小卧室，必须先穿过厨房。心理上，感觉小卧室不仅相对暖和，而且更安全些。

　　一张单人床、一架钢琴加上一盏昏黄的台灯，是这间小卧室的全部家当。记忆最深刻的是每晚女儿穿着棉衣棉裤，借着那盏昏黄的台灯，甩开胳膊练琴，而我冻得在她的琴声的伴奏下原地跑步。平房的墙很薄，一靠近墙壁，我能感觉到冷风从墙上的一个三孔插座呼呼地往屋里灌。

在小房间住的那段日子，婉旸练得最多的是肖邦的练习曲《大海》，当时的情景深刻于脑海，以至于多年以后，听到这首练习曲时，我脑子里出现的都不是波涛汹涌的大海，而是耳边呼呼的风声和那盏昏黄的小台灯，以及灯下挥汗练琴的女儿。

在赵老师细致的讲授下，女儿每天都在进步，从生硬的一个音一个音往出蹦到逐渐流动起来，从平淡没有起伏到感觉到大海的波涛汹涌。天气再冷，房间再小，生活再艰难，我们的心始终是温暖的、充满希望的！

每晚练完琴，我便和女儿一起挤在那张只有一米宽的单人床上入睡。每天睡觉前，除了大门，我先反锁上外面用作厨房的房门，再锁好里面我们小屋的门，有了这两道防线，心里踏实了许多。

临近年底的一天，我扁桃腺发炎，嗓子很疼。从小，我只要一出现这样的症状，父母就特别担心，因为这往往是我病重的前兆，一直如此，婉旸自然也知道。她看我不舒服，很担心，便懂事地让我躺下，帮我拿药、倒水，恰巧那天我忘记把暖瓶拿进小屋，婉旸把药放在我手里后，便出去拿暖瓶。

我不放心，看着她，就在婉旸转身打开小屋门的一刹那，我看到她一惊，随即故作镇静，扭头轻声问我："妈妈，你刚才进来时把外面门锁上没有？"我马上意识到出了什么问题，赶紧从床上跳下来说："哎呀，看妈妈多糊涂，今天忙忘了，竟然忘记锁外面的门。"我一把拉过女儿，"你继续练琴，妈妈自己去倒水。"

我心怦怦跳着，尽量保持着镇静，走出小屋，果然看到外面的厨房门开了一个小缝，可我分明记着，我是锁好门才进来的。乍着胆儿，我打开厨房门，看外面客厅里黑黢黢静悄悄，大门也安然无恙。犹豫片刻，我返身回到厨房，关门，上锁，再次确认，然后拿上暖瓶，回到小屋，怕女儿害怕，我主动说："这回妈妈锁好了，下次一定不再忘了。"

我彻夜无眠，一整夜都在侧着耳朵，仔细听着厨房动静。好不容易熬到第二天清晨，我破例没有五点半叫醒婉旸，一直等到天微亮才穿衣起床。我想，如果厨房门仍然完好如初，证明我昨天的确忘记锁门。

但是，就在我打开小屋门的一瞬间，看到厨房门依然开了一个小缝。这时，虽然我的内心里充满恐惧，但毕竟天亮了。

我走出来，客厅里一切如故，琢磨半天，看不出有什么异常。我再一次锁上厨房门，盯着，一边回身去拉卧室门，这时，我发现厨房门竟是随着小卧室门一起开了，我一颗悬着的心终于落地。

后来发现，这确是一场虚惊。由于我把切熟食的小塑料案板挂在厨房门把手上，导致本来就不好的门锁失效，打开小屋门时，由于空气流动，带着厨房门一起开了。

天气降温，房间再冷，我们的生活和学习都不能松懈。

但是，由于生活的困难和压力，让我不再太多顾及自己的形象，终于有一天女儿跟我说，妈妈，你真是成村里人了，这件衣服穿了好几天都不换，你看你在银川上班时多时髦、多漂亮。

女儿的话提醒了我，也让我感到愧疚。作为妈妈，我要成为女儿的表率，不仅与女儿一起学习、一起进步，更要教会女儿热爱生活、乐观向上。不管多么艰难，都不应该放弃自己，放弃对生活的热爱。

教会孩子热爱生活应是父母的使命之一。热爱生活，才会激起孩子源源不竭的向上动力。热爱生活的人善于发现生活的乐趣，无论身在何处都不会感到寂寞。

记得小时候，在物质条件极其匮乏的情况下，妈妈总会想方设法打扮我和妹妹。妈妈用不同花色的布为我们做了很多假衣领，每天更换，不仅干净，而且漂亮。每学期的新书，妈妈用挂历反面为我们包好白色书皮后，总是变着法地剪些小画，贴在书皮上，使我的东西即便是一个简单书皮都光鲜夺目、与众不同。妈妈对生活的热爱从小就感染着我们，也感染着我的女儿，她同样热爱生活赋予我们的一切，一片鲜花、一株小草、一枚树叶、一张小贴画、一个小头饰……也同样会让她驻足，使她珍惜，开心很久。

从身边开始，我先是把卧室里已经掉落下来的墙砖擦净，整理归位，用透明胶带整整齐齐粘好。然后，用我们带来的彩色铅笔画了两幅简单的画，用图钉钉在钢琴上方的墙上。舍不得买花，我就把用来做菜的青萝卜切下底部放在小盘子里，浇一点水，仅两天时间，盘子里就长出来嫩绿的萝卜缨儿。在这个寒冷的冬季里，终于，我们的房间看到了些许希望的绿色。

一天夜里，房间里的阴冷令我睡不着觉，我睁眼看着窗帘上忽明忽暗的月影，脑子里计划着我们后面的生活。忽然，隔壁加班的工人一阵骚动，侧耳听，隐约说是下雪了。

天刚亮，我叫醒还在沉睡的婉旸，告诉她好像下雪了。婉旸揉着眼睛跳下床，拉开窗帘："哇，好棒啊！妈妈，真的下雪了！"婉旸欢呼着，迅速穿好衣服，拉着我飞奔出家门。一夜飘雪，此刻已是积雪满院。

下雪，原本对生活在北方的我们并不稀奇，但是，只因那时的寂寞单调使我们对自然界每一个细微变化都敏感、都关注、甚至惊喜。

我带着女儿先是扫出三条路：一条通往大门，一条通往水房，一条通往厕所。然后，我们把地上的雪铲到一起，堆了个大大的雪人。婉旸非常开心且积极，自己跑到前面厂子找了两个煤球，给雪人安上眼睛，又回到房间拿来三片油菜叶，插在雪人头上，接着从口袋里掏出一个我做菜的尖辣椒，准备做鼻子。我看着有些浪费，犹豫一下，抢过来，拿着辣椒把儿，一推一拽，把辣椒里面的芯抽出来，比画一下，歪打正着，竟比用完整的辣椒还逼真。就剩嘴了，用什么呢？我正四处踅摸着，只见婉旸跑出卧室，手里举着自己用彩纸剪的红嘴唇。女儿的小创意，让雪人立刻变得活灵活现。

婉旸自己跑到前面厂子找了两个煤球，给雪人安上眼睛，又回到房间拿来三片油菜叶，插在雪人头上，接着从口袋里掏出一个我做菜的尖辣椒，准备做鼻子。我看着有些浪费，犹豫一下，抢过来，拿着辣椒把儿，一推一拽，把辣椒里面的芯抽出来，比画一下，歪打正着，竟比用完整的辣椒还逼真。

名师硕学柳岸新

第一次课结束后，赵老师告诉我们，下节课听《车尔尼练习曲 740》。我当时并不理解，不知道为什么赵老师会特意告诉我们下节课要讲的内容。

《车尔尼练习曲 740》No.50，当时觉着很简单的一首练习曲，赵老师竟花了整整一节课的工夫，几乎是一个音一个音、一个小节一个小节地讲。赵老师讲乐句的走向、起伏，重复段落的不同表现，使我第一次知道练习曲竟也能弹得这么精彩。如此细致的讲解，如果婉旸不提前练习好，上课效率会大打折扣！此后的每一次课，赵老师都会在下课时告诉我们下节课的上课内容，直到一年后婉旸有了很大的进步。

与此同时，由于有新曲子，又有如此好的老师，婉旸的练琴热情空前高涨，拿曲子的速度也出奇迅速。

在上第三节课时，赵老师开始给婉旸讲《贝多芬奏鸣曲》

Op.22 NO.11。赵老师说，这是贝多芬早期的一首奏鸣曲，这首乐曲要演奏得坚定、充满活力；在坐姿上，尤其注意不能弓腰驼背，演奏时要把手臂和身体充分打开，才能把声音很好地释放出来，才能做出明显的音色对比，才能显得充满朝气。

赵老师的讲课细致幽默，他经常用形象生动的语言很贴切地把音乐讲述出来。起初婉旸不太会触键，只会在琴键上一味地敲击，且屡教不改。赵老师便学着她的样子，一边也敲着键，一边用其中一段的旋律冲着婉旸唱："敲——呀敲呀敲呀，敲——呀敲呀敲呀……"逗得我和婉旸哈哈大笑，同时也牢牢记住了赵老师教的正确方法。至今，我还经常用这件事取笑婉旸，说起来仍然让人忍俊不禁。仅这一首奏鸣曲，赵老师就连续给婉旸上了五六节课。

多年后，我在整理赵老师的上课录音时，被在一旁的女儿听到了。婉旸惊呼："妈妈，原来我刚来时弹琴这么生硬！赵老师竟然会收下我，真不知赵老师是怎么忍受我的！"

是啊，如果没有赵老师从一个个音符、一段段乐句、一首首乐曲手把手地教婉旸，婉旸怎么可能从一个基本不会触键、不懂乐句、技术又较差的业余学琴小孩，能够一路过关斩将、顺利考上中央音乐学院附中、大学，并获得许多国内外比赛大奖，考入美国一流的音乐学院呢？

很快到了年底，这是只有我和女儿的第一个新年，隔壁车间已经放假，小院里也变得寂静冷清。如果不看日历，丝毫感觉不到新年的喜庆和喧闹。唯一与平日不同的是今天的暖气一反往日的冰冷，屋子里毛衣都穿不住了，骤来的温暖使婉旸的小脸变得粉扑扑的。我想，这或许是老天给我们的过节福利吧！

我背靠着窗户，坐在沙发上边记日记边听婉旸练琴。忽然，琴声戛然止住，婉旸飞奔出卧室。这小东西耳朵极好，很小时就能捕捉到轻微动静，能分清楚家里每一个人上楼的脚步声，她肯定是听到了什么。

我起身跟出去，随着房门打开，"Happy New Year！"一大束红色玫瑰花跃然眼前。"乔叔叔好！Rose 阿姨好！"婉旸开心地给 Rose 阿姨一个大大的拥抱。原来是乔先生和他的太太来了，他们怕我们寂寞，特地在新年这一天来陪伴我们。虽然三年多未见，婉旸与 Rose 亲热依旧，家里立刻欢声笑语，爱热闹的婉旸最喜欢家里来客人，尤其在北京的寂寞日子。

婉旸对 Rose 阿姨记忆深刻，不仅因为是她近距离接触的第一个美国人，而且她更喜欢 Rose 的外向开朗和毫不掩饰自己的性格，用婉旸的话说："Rose 阿姨在我们这里一天照了一百次镜子。"

Rose 教婉旸说英文，我则一边做饭，一边与乔先生聊天。乔先生环顾左右："住在这里不错吧？我本来还担心他们烧得暖气不热呢，看来担心是多余了。"我犹豫一下，"哦，还行吧！"

我突然反应过来为什么今天暖气这么热了，但是我不能告诉乔先生平时是冰凉的，以免引起房东和他的矛盾。

元旦过后的一段时间，赵老师出差讲学，在无法上课的日子里，我们依然不敢放松，每天按照既定的时间练琴、读书。

不久，乔先生送来了一台 29 英寸的电视机和一个 CD 机，以及许多钢琴大师演奏的光盘。他嘱咐婉旸，练琴间歇要多听大师的录音，还告诉我，中央电视台音乐频道正在播放《钢琴艺术三百年》……这些越来越多的音乐信息引领着我们，使我们在音乐的道路上渐行渐丰富。

一个月后，我们再次到赵老师家上课，完整地听完婉旸弹的三首曲子，赵老师面露微笑，微微点点头说："嗯，进步很大，整个演奏状态都与以前大不相同了。"紧接着，他给婉旸留了另一首考试曲目：肖邦练习曲《大海》。这时，离中央音乐学院附中招生考试还有两个月。

从赵老师家出来，我和婉旸感到从未有过的兴奋和轻松，我们终于看到了希望！最惊喜的是，赵老师给婉旸留了肖邦练习曲，这对当时业余学琴的我们来讲是莫大的认可和肯定。虽然离考试只有两个月，但这不重要，重要的是，赵老师认为婉旸有能力弹肖邦练习曲了！这种喜悦用多少文字、多少言语都难以描述！过去的两个月，我们的心情时时刻刻追随着每周的专业课，终于在今天，就在今天，我们看到了些许希望的光亮！

来北京两个月，我第一次带着婉旸逛街，我们来到西单图书大厦，买了《古典音乐 400 年》系列丛书、《贝多芬奏鸣曲的正确演绎》等相关音乐书籍。

中午，我带婉旸来到肯德基，婉旸点了老北京鸡肉卷、香辣鸡腿堡、上校鸡块、薯条等爱吃的食物，我吃惊又心酸地看着女儿认认真真、有滋有味吃完了所有食物。这是我们来北京后最奢侈的一顿午餐。

后来才知道，为我们介绍赵老师的杨叔叔曾一再恳求赵老师，看在他的面子上，一定要收下这个热爱音乐的小女孩。当然他也没料到，后来赵老师告诉他，没想到婉旸的进步这么大。

尽管如此，赵老师还是觉着婉旸插班初二年级有困难，因为插班本身就很难，一般只收进去一两个。而如果考初一的话，考入的几率相对大得多，基本前五六名都能录取，所以赵老师建议我们降一级，去考初一年级。

婉旸当然一万个不愿意，但是出于对赵老师的敬畏，当面未敢反对。一回到家，她就对着我大喊："我不想留级！坚决不留级！不留级！不留级！"我知道她无法接受，因为她以前景博中学的同学都上初二了，她又返回去上初一。但我告诉她：第一，每个人有自己的追求，有自己的志向，我们不跟任何人比，我们只踏踏实实为自己的梦想努力；第二，如果非要比较的话，我们比的是谁在终点胜出，而不是现在的精彩。我与她商量，我们现在的小目标是先考进去，不管几年级，进去后有学上了，我们继续努力，等赶上后，再跳级。婉旸听我这么说，心动了，但还是煞有介事地说："好吧，那你给我一秒钟考虑一下。"随即欣然同意。

其实，婉旸上小学前，看她很喜欢音乐，我就认真思考过这个问题，所以我想方设法托好友让不到学龄的婉旸提前进入小学，就是想着万一她将来走了音乐这条路，还可以有时间迂回。

亲历难事长一智

　　春节后，赵老师开始集中教授婉旸四首考附中的曲目，并给婉旸布置了考试的最后一首曲子：肖邦波兰舞曲第一首。

　　早就听说音乐学院考试前要找老师，这个过程俗称走课，通俗讲，就是要跟所有参与招生考试的老师上课，否则的话，据说是考不进去的。但是赵老师说，功夫到了自然没问题，不需要走课。对于赵老师，我们是尊敬、信任却又敬畏，因此，我也不敢多问，况且有赵老师每周上课，我心里是踏实的。

　　2005年4月2日，我和婉旸照常来到赵老师家，这是婉旸参加中央音乐学院附中招生考试的最后一次课。赵老师细致讲解了最后留的肖邦练习曲和肖邦圆舞曲，又听了婉旸弹了初试的两首练习曲和《巴赫平均律》上册 No.3，均比较满意，这是我们跟赵老师学琴后，赵老师第二次夸奖婉旸。下课后，我俩心情欢畅，同时考虑下周要参加考试，决定坐公交车到位于六里桥的易初莲花超市买些吃的，以备不时之需。

进入超市，我随手把肩上的大包拿下来，放进超市的手推车，放进去的那一瞬间，我就有种异样感觉，但被兴奋冲昏了头脑，并没有细想。我和婉旸推着手推车，在超大的卖场一排排逛，婉旸也开心地一边挑选，一边征得我的同意后往车里扔她喜欢的吃的。准备到收银台交费时，我突然看到了婉旸最爱吃的鱼丸子。

我随即返身找塑料袋装鱼丸，然后让婉旸拿去称重，我远远望着她，就在婉旸返回来的那一刻，婉旸惊呼："妈妈，你的包呢？"我立即扭头，满满的购物车上，唯有放我包的地方是空的。我的大脑一片空白，我包里装的可是我们的全部家当啊！

由于一直觉着我们的住处不安全，薄薄的铝塑合金门，一脚就能踹开，所以一般出门时，我会背上所有重要的东西。我的手机、银行卡、存折、摄像机、照相机、下次课的学费，还有婉旸上课和考试要用到的所有书和资料。最关键的是下周就要考试，今天才是我们上波兰舞曲的第二节课，如果丢掉上课录像，这节课的学习将大打折扣！

我来不及细想，迅速跑到服务台报警。问清我包里的物品后，服务台工作人员立即通知超市保安，封锁了超市所有出口，仔细观察通过收银通道的所有大包……但是，折腾两个多小时后，无功而返。后来我发现，超市是有侧门的，而且我们丢东西处是个监控死角。

我和女儿翻遍所有口袋，用仅剩下的两元硬币坐公交车黯然回家。

已是傍晚，我蜷坐在卧室的沙发里，精疲力竭，不敢想象我们今后的生活。内心里，无助且茫然，我想不出来该求助于谁，给婉旸爸爸打电话，没到发工资的日子，他手里也没钱；给父母打，怕他们着急。犹豫再三，决定打给远在南京的妹妹，妹妹没有犹豫："姐姐，把你的银行卡号告诉我，我马上给你汇钱。"可是，我唯一的一张银行卡已经被盗……

天色将晚，房间渐暗，此刻，万念俱灰。我强忍泪水，不能让女儿看出一丝我的不坚强，我们的日子还要继续。

不想做也不想吃饭，我们已经没有用来做饭的食材。

天越发黑了，隔壁传来工人下班的声音，我猛地想起还饿着肚子的女儿，跑出卧室，只见婉旸乖乖坐在客厅，借着微弱的台灯，正在看余秋雨老师的《人生苦旅》，那是我尚未读完的书。我问婉旸饿不饿，婉旸点点头，我说："那你到前院跟厂子的厨师要两个土豆好吗？"婉旸看我一眼，听话地出去了。女儿走出小院，我泪如雨下，随即跑进水房洗把脸，装作若无其事地等女儿回来。

很快，婉旸回来，一手举着一个大土豆，小心翼翼地说："妈妈，我们炒土豆丝吧。"紧接着又轻声说，"妈妈，别郁闷了，我问你一个问题行不？"婉旸说，她到前面的厂子，看见一个姐姐正在洗一个跟土豆长得很像的咖啡色的东西，她按了一下，是软的，问我那是什么东西，不知道好不好吃。仔细琢磨半天，我苦笑：傻孩子，那应该是腌的咸菜疙瘩吧。

这个小插曲一下子冲淡了我们丢东西后的黯然心情。

以前，我常常笑说女儿"四体不勤，五谷不分"，想起刚来北京时，工厂拉一车青麻叶大白菜，储存起来准备冬天吃，恰被婉旸看到，惊呼道，妈妈，北京的油菜竟然长这么大个！

晚饭后，婉旸开始练琴，看她在书上密密麻麻写满了赵老师的讲课内容，我心里顿时踏实了许多，暗喜我的女儿很有心。她知道我们今天丢失了上课录像，无法再回看，怕过后忘记了，便一边想一边写，把当天赵老师讲的东西全都记在了书上。

也正因为有了此次经历，在往后的日子里，每次课后，婉旸不仅回看录像（或听录音），还会及时地把重要的讲课信息写在书上，这个好习惯一直延续至今。

其实从开始学琴，我就要求婉旸每一次课后回来立即复习，把老师讲课的内容全部回忆一遍、重复一遍，复习好了再做其他事。我告诉她，回来后马上回忆，就能记住百分之八九十，如果玩够了、休息好了再复习，也就剩不下多少了。想最大限度地记住老师讲的，想进步更快，就必须下课回来马上复习。

第二天一早，乔先生赶来给我们送了三千元钱。我这才知道，婉旸已经发短信把我们丢东西的事告诉了乔先生，她完全把乔叔叔作为我们在北京最值得信赖、最值得依靠的人了。这三千元钱对于当时无助的我们无疑是雪中送炭！

难苦怎敌人心坚

一周后，各大音乐院校附中招生考试开始。最早开始的是中央音乐学院附中的招生考试。

参加考试那天是个阴天，早春的天气干燥阴冷。怕婉旸手太凉，考试时活动不开影响发挥，我给她拿了一大瓶开水，用毛巾包裹着。从家到附中，我们坐公交车大概用了两个多小时。其实乔先生早就安排房东，请他们在考试那天开车送我们到学校，但是我没有告诉房东我们的考试日期，不愿麻烦别人是一方面，更重要的是我想让婉旸在艰苦的环境中磨炼，不想让她感觉这一天与以往不同。

中央音乐学院附中门口停满了各种私家车和出租车，门口街道几乎被堵塞。婉旸准时进去。我等在门口，倒是一点不紧张。从我们来北京至今，婉旸跟赵老师学琴五个月，期间，赵老师出差讲学，加上我们春节假期耽误的时间，满打满算起来，不过三个月。我想，要是她真能顺利考入附中，应该也算是奇迹了。这一次，按照我的想法，不过是想让她见识一下，锻炼锻炼。

不久，婉旸欢快地从附中主楼的楼梯上跑下来，看不出她紧张，倒是一如既往地自我感觉极好。问她，说弹得不错。一路不停地给我讲进去以后的情况。婉旸从小有个毛病，就是离开我、紧张的时候，她会找旁边的人没完没了聊天，可能是她自己缓解紧张情绪的一种方式吧。

婉旸告诉我，她交了两个朋友，候考时排在她前后位置。那两个女孩子都已经在北京学琴两年，跟她一样年纪一样考初一，她们互留了电话，约定保持联系。后来，那两个女孩，一个当年考入中国音乐学院附中，六年后去了德国。婉旸第二年再次参加中国音乐学院插班考试时，这个女孩听到婉旸的演奏后惊呼："她都弹这么好了！"另一个上了中央音乐学院附中的自费生，高三才转正，但六年后参加大学考试，最终还是与中央音乐学院失之交臂。那一年，婉旸是作为中央音乐学院大二的学生，报名做了考学志愿者而与她邂逅。

在中央音乐学院附中初试时，婉旸就出现较大失误，没进复试，我是在给赵老师打电话后得知的结果。当时赵老师很小心地告诉我，怕影响我的情绪，也怕打击婉旸的自信。赵老师说："婉旸的表现还是不错的，她的问题是还不太会考试，所以一开始就出现较大失误……"其实这个结果对我来说已经比较满足，我把赵老师的话原封不动地转述给婉旸，并告诉她，妈妈对她还是非常满意的。婉旸信心满满，表示要把后面中国音乐学院附中的试考好。

这时，我才仔细研读中国音乐学院附中的招生简章，这一看，惊出我一身冷汗。中国音乐学院附中复试要求的古典奏鸣曲是规定了范围的，我们根本没有注意。怕赵老师也着急，我并没有告诉他。当我尽量保持平静地把这个消息告诉婉旸时，她有些失望，甚至不想去参加考试了。我鼓励她："没有关系，我们临时捡起来一首以前弹过的，背不下来，你就拿着书进去，告诉老师，你昨晚才临时准备的，没准老师觉着这个学生有个性，就把你录取了呢！"婉旸笑："妈妈，但愿那个老师跟你一样奇葩。"

婉旸顺利进入了中国音乐学院附中复试。我们为此都很自豪，因为我们没有跟中国音乐学院附中的任何老师上过课。复试那天，婉旸按照我的安排，拿着书走进了中国音乐学院附中的考场，当然了，奇迹没有出现。那时候，没有互联网，手机也仅限于打电话和收发信息，尤其对于我们来说，不认识中国音乐学院的任何老师，所以，只有去现场看通知才能知道结果。这一次，我和婉旸都很紧张，不仅是因为曲目的问题，重要的是因为这个结果将取决于婉旸是否有学上，我俩都不敢去看榜。

在家等待的时间漫长且煎熬，练琴的人不在状态，做饭的人心不在焉，几次放错佐料。吃饭时，婉旸大叫："妈妈呀，你今天的饭跟我的心情一样——五味杂陈！"傍晚，我收到去现场看通知的婉旸爸爸发来的短信，只两个字："遗憾！"

看到这个结果，婉旸哭了，告诉我，这个考试根本不是在同一水平线上竞争，根本不公平。她用一个孩子的眼光，用考试时所看到的、所听到的，用自己的思维方式，想当然地给这次考试定了性。原因只有一个，候考时，在她周围同样等待的学生都认识考试的老师。

当晚，婉旸没有练琴，我与她一直聊天，聊她小时候，聊她从小的梦想，聊我们未来的目标，看着她逐渐平静逐渐开心，我心里踏实了。婉旸自从出生以来，我从未把她当作不懂事的小小孩，我一直把她当作我的好朋友。从与她聊天开始，我们一起学习，我们一起努力，我们一起进步，我们一起玩耍，甚至一起做"坏事"——一次，姥姥买了一小筐鸡蛋，我清晨五点把婉旸叫起来，我俩轻手轻脚溜到客厅，逐一给姥姥买的鸡蛋画上各种表情，整个过程，小婉旸既紧张又兴奋又有些担心。画好，蛋归原处，我带着她若无其事地出去锻炼。回来后，正在做早餐的姥姥惊喜地告诉我俩：我说昨天买的鸡蛋那么贵呢，原来上面都有画……

但是，唯有我的女儿郁闷纠结、目标不清晰甚至走弯路时，我必须是清醒的。我提醒婉旸不要忘记自己的目标，鼓励婉旸自己给赵老师打电话，跟赵老师汇报她参加中国音乐学院附中考试的情况和自己接下来的打算。

冬去春回赤日炎

　　第一次学着给老师打电话，婉旸很紧张，坐在电话前面，迟迟不敢拨号，我一直鼓励她，我问她，你打电话时希望妈妈出去还是陪在你身边，女儿说希望我陪着。

　　那一刻，我突然感觉到，母亲就是在孩子需要时，在孩子回望时，在孩子茫然时，始终应该是她背后那个最令她踏实、最令她安心、最能让她从纷乱的思绪中走出来，更能迅速让她坚强起来的精神支柱！

　　终于，婉旸鼓起勇气拨通了赵老师的电话。随着聊天的深入，她也逐渐放松，竟然跟赵老师聊了半个多小时，赵老师跟我一样，给婉旸做了半小时的思想工作，同时，婉旸也跟赵老师约好了上课时间。

　　再次去上课，赵老师给婉旸留了很多作业，仅练习曲，先是给她留了三条。赵老师犹豫一下，说，看你这么感兴趣，干脆就再留两条。对于婉旸来讲，只要有新曲子练，就会很开心且多多益善。赵老师说了很多鼓励婉旸的话，让她坚持，不要放弃！当然，这也是婉旸的心声。我知道，在没有实现她自小的梦想之前，她是不会轻易放弃的。只是在前行过程中，需要妈妈的那只无形之手牵着她、引着她，需要妈妈不断把前行路上的那座灯塔指给她看！

随着一切事情安定下来，我们与好友借钱又新买了一个摄像机，这是最最重要的，因为几乎每天我们都要用到。

入春后，我们的日子渐渐好过了。天气渐暖，小院里的阳光也明媚起来，随风打转的树叶不见了踪影，漫天飘飞的柳絮却时来侵扰。不时有麻雀降落下来，在院子里蹦跳着，到处觅食嬉戏，偶有黄嘴蓝衣的鹦鹉在窗外短暂停留。墙外的柳树也将发出嫩芽的枝条伸进小院，在有风的日子里，向我们轻轻招手。

房间已不再阴冷，我和婉旸盘算着，再过一个月，天气更暖和些，我们就搬回大卧室住。习惯了这里的环境之后，我们的胆子也大了。有时，婉旸练琴累了，我俩会隔着玻璃窗看麻雀觅食和飞絮满院。偶尔在晴朗的夜空下，我们坐在小院里，一边数天上的星星，一边聊天，或在圆月的夜晚看月光洒满寂静的小院。日子，紧张、平淡，却逐渐精彩。

又一件突发的小事促使我们提前搬回到大卧室。

那晚，我坐在床边听女儿弹琴，婉旸回头问我："妈妈，你听这样处理好吗？"她回头叫我的一瞬间，面部表情突然僵硬了："妈妈，你看你后面墙上是什么东西？"我心里咯噔一下，虽然婉旸怕我害怕，尽量表现得很平静，但我是了解女儿的。我立即回头，惊讶地看到墙上爬着一只硕大无比的壁虎！然后又是一番折腾，我俩轻手轻脚，怕惊动了那只壁虎，立即连夜把钢琴推回到大卧室。

随着夏季的到来，天气越来越闷热。暑假期间，赵老师是能够正常上课的，而我们也不希望落下每一节课，再考虑到两人回家的费用，所以我们决定留在北京。

8月，是北京的桑拿天，尤其这一年，天气闷热出奇，动辄三十六七度。正午时打开门，阳光刺眼，晃得小院地面发白，整个世界似乎被烤焦了，墙外的柳树垂头丧气、蔫蔫地打不起精神；春天活跃在院子里的小鸟儿也不见了踪影，唯有树上的知了仿佛不知疲倦不怕热，欢欢地唱着歌。

屋里闷热难耐，无法开窗，婉旸每天穿着背心短裤挥汗练琴。似乎我有记忆以来从没有这样流过汗，每天都是浑身透湿！做饭时，如果不及时擦，一低头，汗珠就会噼里啪啦往桌子上、案板上滑落。

看着女儿每天汗流浃背，我很心疼，却不舍得花钱买空调，我要把有限的收入投入到学无止境的钢琴课上。婉旸很懂事，从不喊热，怕累着我，也不让我给她扇扇子。

即使外面三十六七度的气温，也比房间里凉爽许多。每天傍晚太阳落下去后，我们都会迫不及待地打开房门，门外凉风扑面而来的那一刻是一天中最幸福的时候！但是，新的问题随之而来，跟随凉风一起的还有成群结队的蚊子，它们完全无视我俩，直奔房门，急速掠过我们身边，争先恐后往房间里冲，我和女儿只能站在门两边，一边享受晚风的凉爽，一边拼命往外扇风，以阻止蚊子进来。

　　有一段时间，每天下午三四点钟都会下暴雨，几乎瞬间天空就乌云密布、电闪雷鸣。随之，大雨倾盆，只几分钟，雨水透过铝塑窗的缝隙哗哗涌入，流进窗户，流过墙面，流到地上。我和婉旸拿着扫帚、拖布抵抗雨水，保卫钢琴。

　　记得小时候，我最害怕乌云密布、电闪雷鸣，遇到这样的天气，我从不敢出门。可是现在不同，谁让你是妈妈呢，在困难面前，在孩子面前，不仅要坚强，还得勇敢。

　　有一次，我去院子另一边的水房洗衣服，突然天空骤暗，随即暴雨随狂风倾盆而下，婉旸在对面的房子里着急地大喊，让我回去。

　　看大雨没有停下来的意思，我把脸盆里的水倒掉，使劲甩了甩，扣在头上，顶着大雨，淌着积水，冲进我们的房子，一直着急但从没有见过此种情景的女儿开心地拍手大叫："哈哈，妈妈你太聪明了！"

　　这样的日子持续了一个多月，直到妈妈寄来两千块钱，我们才装上空调。

隔壁种的丝瓜爬进我们小院，每天清晨和傍晚婉旸都会去看几眼。

国乐韵律

在赵老师的悉心教授下，我们始终按着初来时制订的计划，每周上课，每天练琴。

几个月后的一天，婉旸忽然很不满地跟我说："妈妈，我每天除了练琴、念书，什么时间都没有，没有一点娱乐时间。"我问她想干什么，婉旸说其实也不知道要干什么，只是想有自由时间。我想了一下说："好，那我们从明天开始，早上八点半弹琴到十一点，然后直到下午两点的时间都由你支配。"婉旸很开心。

第二天，几乎十一点整，婉旸的琴声戛然而止。我在厨房一边做饭，一边侧耳细听着卧室动静，我很想知道婉旸究竟在做什么，但又不便直接进去问她。我不想让女儿有妈妈时刻在监视她的顾虑。卧室里，先是传来窸窸窣窣的声音，之后就变得出奇安静，许久都没有一丝声响。

我一边做饭，一边做着各种猜想，从猜测到好奇再到担心，越想，心里越紧张，终于按捺不住，轻手轻脚地来到卧室门口，就在我悄悄探头看向卧室的一瞬间，我被我的女儿感动了。只见床上堆满光盘，这些光盘有乔先生送来的，还有小时候我给她买的，都是她非常喜欢的世界级钢琴大师的演奏光盘。只见婉旸戴着耳机，旁边放着 CD 机，腿上放着她的乐谱，正在专心致志地边听边看边标注。见此情景，心中释然且踏实的我悄悄退回到厨房。

赵老师凭借多年丰富的教学经验，很会针对学生特点因人施教，他看婉旸非常喜欢参加各种专业活动，如夏令营、比赛、大师班等，因此只要有合适机会，一定会鼓励婉旸参加。婉旸呢，也是欣然前往，乐在其中。

与赵老师学琴半年后，赵老师给我一份比赛简章，是第一届"卡丹萨杯"钢琴比赛，这是个中国作品的比赛。由于时间紧迫，赵老师让婉旸捡起来一首以前弹过的曲子，再练一首新的。经赵老师确认把关，我们选择了《谷粒飞舞》，这是以前婉旸考级弹过的曲子。赵老师告诉我，有一套收录中国作品比较齐全的书叫《中国钢琴名曲曲库》，让我们从那里面再选一首喜欢的曲子。这是我们跟赵老师学琴后的第一次比赛，我和女儿欣喜若狂。我想，既然赵老师让婉旸去参加比赛，那就说明赵老师一方面是让她多多锻炼，另一方面一定是感觉她有希望，弹得还是不错的。下课后，我们跑到书店，买回了全套四本书。

回到家，婉旸放下书包立即跑到水房洗干净手，坐在钢琴前，一本本认真挑选。我做好饭后，婉旸已经选出来自己喜欢的曲子，是韩民秀老师改编的《洪湖水》。我看了一下谱子，感觉就她目前的水平难度有些大。

我委婉地与婉旸商量："我们是否再选选，找一首更好听的？"从小，只要是婉旸想做的事情，我都会鼓励她尝试，从不打击她的积极性。当然，我会根据自己的判断，或事先提醒她可能遇到的困难，或再一次试探她的决心，如果她非常坚决，我一定会支持她，并陪她一起面对可能遇到的困难。这一次，婉旸毫不犹豫，打电话向赵老师汇报，赵老师说，你先练，如果感觉困难，练不下来咱们再换。

婉旸是个很有决心且非常自信的孩子，一旦认定某件事，无论多难，都会坚持。很快，婉旸"啃"下了《洪湖水》并练熟了它。上课时，赵老师有一点小惊喜。

这是我们第一次跟赵老师学习中国作品。赵老师说："中国作品，像中国的古典诗词一样，特别讲究抑扬顿挫，这是中国作品与西方音乐最大的不同点。因此，演奏中国作品的关键是要把作品的速度变化、句式走向和呼吸起伏充分做好。"

此后的一段时间，赵老师集中时间给婉旸讲这两首中国作品，最困难的当然是《洪湖水》，几乎需要赵老师一小节一小节讲解，先是解决技术问题，弹奏方法没问题了，赵老师就开始给我们讲音乐。赵老师说："好，你现在要扎上头巾拿起枪，变身为一名游击队员，保卫美丽的家乡。"

婉旸第一次给赵老师弹《谷粒飞舞》，听得赵老师哈哈大笑："你这不是谷粒飞舞，而是核桃丰收。"赵老师说《谷粒飞舞》要在全身放松的基础上，绷住指尖，用指尖触键，才能弹出小颗粒，才能弹得轻巧活泼，否则颗粒太大就会显得沉重，就不是小小谷粒而是大核桃了。还说，你现在就要把自己当作一个农民，要表现出辛苦劳作一年、经历了风吹日晒雨淋后，看到丰收的那种发自内心的喜悦和自豪！

赵老师给我们讲相同段落的不同处理，不同段落表达的不同意境。他告诉婉旸，从某种意义上讲，演奏家如同好的演员一样，要演什么像什么。乐曲不光要弹下来，还要演奏得生动，让观众听起来有意思、吸引人。把一个作品演奏得像开水煮白菜一样，没有味道，没有变化，是钢琴演奏大忌。

对于这次比赛，婉旸信心满满，誓要拿下第一，她还沉浸在银川时轻易拿第一的辉煌中。我则没有那么乐观，这可是在北京啊，会聚了来自全国的音乐才子！

很快到了比赛的日子，来自全国各地的选手个个不甘示弱，个个摩拳擦掌，婉旸并不在乎，且自我感觉一如既往的好，似乎已能遥望到冠军奖杯。但实际上我是紧张的，这是检验我们这一阶段学习成绩的时候了，我很担心，万一婉旸没有拿到任何奖励，无疑对我对她都是个小打击。

查看比赛成绩的前夜，我时睡时醒，满脑子还是比赛。我梦见陪女儿去参加比赛，我们乘坐一辆双层公交车，汽车风驰电掣，我俩十分紧张，死死抓着扶手。行至一小坎时，车从尾部翻起，车头触地，我和婉旸站在司机旁的栏杆后面，好在有栏杆挡着，我们无恙！

惊醒后，我的心情幽幽，睡意全消，难道是婉旸的比赛成绩不理想吗？

第二天，我们匆忙来到附中，挤到获奖名单前，我的心狂跳不止，从最后面的优秀奖看起，心里祈祷不要马上看到婉旸的名字。但是，很快我就看到了，我有些失望，我突然感觉到，自己其实还是很在乎女儿比赛名次的，或许过去的无所谓不过是被每次轻而易举获得的第一名掩盖了。而婉旸，则是信心满满地从第一名看起，看到二等奖还没有她时，她抬头看看我，满脸失望。

这次比赛婉旸只获得了优秀奖。

时隔两年之后，赵老师再次让婉旸参加第二届"卡丹萨杯"全国钢琴比赛。这次的我和婉旸从容淡定，完全没有了前次比赛的紧张纠结。说起来，竟觉有趣。

婉旸从小跟我一样，性格大大咧咧，许多事情不在乎不计较。我也从不刻意纠正她，想着这样的性格活得轻松，只要不耽误正事就好。

给婉旸报名，拿到参赛证，我大概看了一眼，比赛时间是下午 2 点到 4 点，婉旸的比赛顺序是这组十个选手的最后一个，倒觉正常。回到家拿给婉旸，她也无所谓地扫了一眼，就放到一边接着练琴了。

　　比赛那天的下午两点，我们准备出发，婉旸收拾自己的东西，拿起准考证，惊叫起来："妈妈，我是两点那组。"我也一惊，抢过准考证，这才发现，我们都把 14:00~16:00 想当然成了下午 4:00~6:00 了，并且比赛要求本组十个选手需提前一起进入赛场，以免中途进出影响选手现场发挥。而当时我们尚住在京城西北部，坐公交大概需要两小时，即使插翅也难以准时！

　　快马加鞭一路倒车一路奔跑到了赛场，婉旸慌忙换好礼服。这是小姨专门为她设计并亲自挑选面料、亲手缝制的，淡粉色的裙子，裙摆银色的蕾丝花边在灯光下熠熠生辉，我还未顾及细细欣赏，就听见叫到十号。幸运的是，虽然婉旸迟到，小有违规，但毕竟是本校学生，优势在先，被允许参赛。

　　只见婉旸双手提裙，匆匆小跑进赛场，在教室里来自全国各地的另九名选手和评委老师惊异（或许还有愤怒）的目光中，款款走向钢琴，鞠躬。落座一刹那，欢快的音乐响起，婉旸立即投入到《翻身道情》的欢快旋律中。而我，不敢再放肆进入，只好在外面倚门而立，透过门上的小玻璃窗，欣赏女儿的演奏……这次比赛，婉旸获得第二名。

偷偷溜去的比赛

　　附中考试结束没多久，一次去赵老师家上课，看到中央音乐学院家属区的一面墙上贴着一份比赛章程，叫"希望杯"钢琴比赛，我和女儿一下都兴奋起来，我仔细看了简章，记下重要的报名时间、比赛地点等，我们就上楼去上课，并没有与赵老师提起此事。

　　第二天，我就按照地图找到首都师范大学的报名处，为婉旸报好名。婉旸手里成型的曲子不少，都是参加考试用过、赵老师给仔细抠过的，因此我和婉旸商量，我们偷偷去参赛，等拿了第一再告诉赵老师。其他的也没有刻意去想。

　　比赛那天，首都师范大学音乐学院门前人头攒动，似乎北京所有学钢琴的从四五岁的小孩到六七十岁的老人都来参加这个比赛。也无妨，我们有充分的心理准备。

　　比赛的分组很细，一个年龄一组，另外还有双钢琴组、四手联弹组等，看阵势，相当壮观。

进到比赛现场，我才发现，评委全是北京有名的钢琴大师，像凌远（赵老师夫人）教授、泰尔教授，还有北师大钢琴系黄梅莹教授……

婉旸弹了李斯特的《森林的呼啸》后，在弹肖邦第二谐谑曲一半时就被叫停了。这时，疑惑的我才仔细看比赛章程：原来，每人只有十分钟演奏时间。

始终觉着这个比赛非常好，从四五岁的初学小孩到大学生，甚至成年人都能参加，虽然分组多，但是井然有序，评委老师权威认真且阵容庞大，也打分也排名，却没有太多竞争的感觉。比赛结束后，评委会针对每一位选手的表演当场做出客观细致的评价和建议。

婉旸这一组是黄梅莹教授点评，教授们给婉旸的评语是：乐感很好。李斯特的《森林的呼啸》把森林里狂风呼啸肆虐和狂风过后、微风丽日的情景收放自如，表现得非常到位，且技术好，看不到一点拔高的迹象；肖邦第二谐谑曲音乐很好，对肖邦作品的风格把握得比较到位，旋律部分演奏得非常好听。

这让我想起婉旸初学《森林的呼啸》时，赵老师说她太温柔，弹得风平浪静，总是刮着柔和的小风。因此，为了充分表现"狂风大作"，婉旸每天用功苦练。回课时，婉旸为终于能"刮狂风"了而拼命表现，完全忽略了乐曲后面大风过后风和日丽的段落，一直激情饱满地弹下去，逗得坐在旁边的赵老师哈哈大

"卡丹萨杯"比赛颁奖现场。

笑："你这风已经吹红了眼了。"

我们从赛场出来时，一个女孩和她的妈妈追过来，她妈妈问我，婉旸是跟谁学的？学了多久？又说："你女儿弹得这么好，为什么不准备得再认真些，选择时间合适的曲子？同样水平，超时是要扣分的。"我一愣，脑子里快速回补了一下，这个女孩的演奏时间的确把握得非常好，恰在十分钟时弹完了两首小曲，当然了，她弹得也很不错。

晚上，比赛结果出来，事与愿违，婉旸获得第二名。恰是追出来的那个女孩获得第一。

接下来是发奖，由于不是预想的第一，婉旸有些犹豫，怕遇到赵老师。她担心没有告诉赵老师，自己偷偷参加比赛而没有拿到第一，赵老师会怪罪她。

第二天，我们准时来到首师大礼堂，婉旸站在门口，使劲踮起脚尖、伸着脖子往里面四处张望。许久，她回过头，开心地跟我说："妈妈，我们可以放心进去了。""为什么？"我有些奇怪，"我仔细看了评委席，没有花白头发的，嘿嘿，我确定赵老师没来。"

叫到第二名上去领奖时，婉旸跑上台，由于比赛分组较细，一组一个第二名，所以仅第二名就有十几个。上去的第二名被要求站成一排，与发奖老师站成一对一、面对面，等婉旸站好抬起头，吓了一跳，原来给她发奖的竟是凌远教授。凌老师一看是婉旸，笑了：原来是你呀！

　　回家后，婉旸一直纠结怎么跟赵老师解释。本以为赵老师没来就没事了，没想却遇到凌老师。"哎呀妈呀，也就太巧了吧。赵老师能饶过我吗？"婉旸天天念叨，直到上课。

　　婉旸小心翼翼、原原本本地把比赛的事情告诉赵老师，谁知他老人家哈哈一笑："哈哈，这翅膀刚硬了点，就背着我偷偷参加比赛。好吧，既然参加了，咱们就总结一下，看看什么原因没有得第一。"整整一节课，师徒俩说说笑笑，婉旸给赵老师讲比赛趣闻，赵老师帮婉旸分析曲子，在欢声笑语中，课毕。

　　比赛，在孩子学琴过程中不是必须的，但我认为是有必要的。孩子通过参加正规比赛，通过见识其他选手的演奏，通过在舞台上的大胆展示，不仅开阔了视野，增长了见识，丰富了阅历，重要的是还能在评委老师和众多观众的注目下，坚持完成演奏，这无疑有益于孩子舞台经验的丰富，对孩子的心理发展和性格塑造起到良好的作用。

上"贼船"

第二年，婉旸如愿考入中央音乐学院附中。

拿到录取通知书当天，我们来到赵老师家，赵老师非常高兴，语重心长地跟婉旸说："从今天开始，你就上'贼船'了，你从此将一生与音乐为伴，这是一条艰辛却充满阳光和希望、通过努力能体会到乐趣不断的道路！希望你在这条路上越走越好，越走越精彩！"

记得从婉旸三年级开始，她的启蒙老师艾桂兰就经常说："郑婉旸乐感这么好，喜欢钢琴又用功，妈妈也抓得紧，将来走音乐这条路吧，去考西安音乐学院。"可是，婉旸并不领情，"不，我要去北京，我要考中央音乐学院！"

这是一个新的起点！虽然一只脚已经跨入女儿梦想的大门，但离我们的目标尚有距离，婉旸的目标是大学考入中央音乐学院，最终出国深造。我深知，前路无常，或难或易，或逆或顺，我们任重道远，必不能松懈！

开学这天，我送婉旸到学校报到时，被告知婉旸的学费已交。奇怪之际仔细询问，方知是乔先生，我心中充满感激却无以回报。我嘱咐婉旸，一定要努力，不能辜负帮助我们、有恩于我们的人，将来有机会了，一定要报答他们！要懂得感恩！

我和婉旸一起铺好床铺，擦干净衣柜，收拾妥当她的东西后，我便离开了学校。

从小，我对女儿生活上的照顾比较多，她自己的事情尤其在学校，我一概不管，我鼓励她自己的事情自己解决。婉旸也习惯了，除非自己实在没办法时，才会求助于我。

独自坐在返回的公交车上，晚高峰已过，车厢里的人很少，夕阳透过车窗斜射进来，整个车厢一片温暖的橘红。车窗外，高楼林立，街景繁忙，远方的云织成幻彩的晚霞漂浮在城市上空。看着这座既熟悉又陌生的城市，我不由得有些失落。在北京，已经习惯了与女儿形影不离的日子，往日我们都是一起出门，一起回家，现在只剩下我一个人，竟觉有些孤独。同时我也担心女儿，不知她能否适应独自在学校的生活，不知她会不会想家……但是，我必须狠心，也必须尽快习惯，谁让我们选择了这条路呢！

我自认为教育女儿最成功的就是女儿从不会让自己寂寞，不会让自己无聊。在陌生的地方，她会主动找人聊天，这是我小时候做不到的。没有人时，她会自己找个角落去读书，或去琴房练琴。后来的日子，不管婉旸是独自去参加夏令营，还是出国参加比赛，放下行李，她都是先找到琴房和洗手间，只有这两个地方找到了，她的心也随之踏实了，然后就是整理自己的东西，帮助后面来的同学。

开学后，班主任按照考试成绩指定婉旸为班长。一学期下来，老师们对婉旸的评价均很好。在同学中，婉旸也有很高的威望，这些孩子大多是刚刚离开父母，很多事情不知道怎么做，婉旸就手把手教他们，不论生活、学习还是专业。初二，新上任的班主任老师可能不知道婉旸是班长，重新指定了另一个学生，班里同学都不服气，两周后，十分无奈的老师决定重新选举，选举结果，婉旸全数通过。而当时婉旸由于参加比赛不在学校，回校后才听说了此事。

婉旸的中学时代开心、进取，尤其专业课得到了赵老师的鼓励和精心指导，比赛获奖越来越多，越来越容易，这使她的自信心得到了最大程度的升华，学习和练琴热情也空前高涨。婉旸很争气，文化课和专业成绩一直保持总分第一，第一学期就拿到了奖学金。

同时，学校的专业活动丰富多彩，每个学期和假期都有大师班、夏令营，通常会邀请国内外知名音乐学院钢琴大师、教授给学生们授课，因此，我们得到与钢琴家刘诗昆、凌远、鲍蕙荞、潘淳、赵聆等教授，以及国外如美国波士顿音乐学院、曼哈顿音乐学院的一些世界著名演奏家上课的机会。每一次上课，婉旸都有很多收获，都能得到教授们的肯定，这对她的学习也起到了极大的促进作用。赵老师经常鼓励婉旸去上大师课，让她多见识，说看看同样的曲子，别的大师是怎么处理的。

初一下学期，婉旸开学前一天，我突然接到乔先生的电话，说他在机场，他搭乘的飞机误点，让我过去。我很奇怪，平时每周都与太太一起来看望婉旸的乔先生已经近一个月没有音信了，这突然又让我去机场见他……来不及细想，我匆匆赶往机场。

在机场约定的地点，我见到了乔先生，他略显疲惫，但依然衣冠得体，不失斯文。同往日一样，他先是询问了婉旸近况，又跟我说了很多鼓励的话。然后，他犹犹豫豫，欲言又止，最终，跟我说："我这段时间很忙，或许不能每周去看你们俩，不管将来出现什么情况，希望你们都能坚持下来……"我不太明白乔先生的意思，正想细问时，广播里传来乔先生这班飞机开始登机的提示，乔先生拿起随身皮包，与我告别，走了几步又突然返回来，拿出一个信封不容分说地塞给我："这是两千美元，给婉旸这学期的学费。"然后，大步流星地走向机场安检门，没有再回头。

当时，我完全没有想到，再次见到乔先生时，已是十年后婉旸在美国华盛顿的一场音乐会上。

开学后，在婉旸的强烈要求下，赵老师允许她新练一首自己喜欢的协奏曲，婉旸选择了钟情已久的《李斯特第一钢琴协奏曲》。这首协奏曲很难，尤其不适合婉旸这样初入专业之门又没有很多力气的小女孩，但是赵老师看她非常喜欢，也就应允了。

刚来北京时，乔先生为了激发婉旸的练琴热情，给她买了许多与钢琴有关的光盘，其中影片《钢琴家》我们非常喜欢，我和婉旸看了许多遍，里面大量的肖邦作品更让我们百听不厌。尤其影片结束，历尽苦难的钢琴家登上灯光璀璨的舞台，深情演奏肖邦经典圆舞曲《平稳的行板与辉煌的大波兰舞曲》（后文统称《大波兰舞曲》）的情景深深打动了我们，婉旸也因此一直期待着学习这首乐曲。

整整一学期都没有乔先生和 Rose 的音讯，婉旸屡次询问我，我无法明确地回答女儿，只好说："你好好练琴，没准哪天乔叔叔和 Rose 阿姨就出现在门口了。"婉旸并不买我的账："你以为我是傻子，不会是乔叔叔看我学费太高，不愿意管我了吧？或许，他们出什么事了？"紧接着又自言自语，"不会的，乔叔叔那样的大好人一定会有好报的！"

一个周末中午，我与婉旸边吃饭边聊天，婉旸突然说："妈妈，我想练《大波兰舞曲》。""为什么？赵老师不是说初二弹有点早吗？""我就想现在弹。"婉旸叹了口气，无限憧憬地说："唉，乔叔叔不是很喜欢《大波兰舞曲》吗？也许，等我长大了，将来

作曲家储望华给婉旸讲他的作品《翻身的日子》。

有一天，在我的某场演奏会上，乔叔叔听到我的演奏就能见到我了！"又说，"他和 Rose 阿姨看到我成了钢琴家，看到我能弹《大波兰舞曲》了，该是多高兴啊！"

是啊，乔先生的突然离开让我和女儿徒添了许多猜测和想象，甚至忧虑。不论是什么原因，我们都期盼着——好人一生平安！

再一个假期，婉旸如愿练下了肖邦的著名乐曲——《平稳的行板与辉煌的大波兰舞曲》。

这时的婉旸，脑子里丝毫没有难的概念，只要喜欢的，自己去大学图书馆找回来乐谱就练，好在赵老师从不打击她，开学后，看她练下了《大波兰舞曲》，尽管觉着有点早，但还是说："既然练下来了，咱们就把它学好！"

到初二学期末时，婉旸在赵老师的鼓励和精心指导下，举办了自己的第一场个人演奏会，顺利完成了李斯特《第一钢琴协奏曲》、肖邦《大波兰舞曲》和四首肖邦《谐谑曲》。演奏会广受好评，结束后，甚至有人追问婉旸是谁的学生。演奏会的成功使婉旸在专业钢琴之路上越加自信。

自从婉旸住校，我也开始了穿城跋涉、两头奔波的日子。婉旸文化课比较少时，我就到学校陪她练琴。为了赶在八点前到学校，我必须坐上清晨 4 点 50 分的第一班车。我这样做，一方面，我要最大限度地把婉旸的时间利用起来，把我们过去耽误的时间抢回来；另一方面，我要严格监督她，必须一丝不苟地按照赵老师教的正确方法练习——我们没有时间再走弯路，没有时间可以用来挥霍了。

　　冬季，天亮得晚，清早我去婉旸学校时，外面尚一片漆黑，走出大门，需要穿过工厂一个大车间，空旷的车间里黢黑清冷，寂然瘆人，每次我匆匆走过，从不敢回头，那种穿透脊骨的恐惧使我至今记忆犹新。出了大门，沿着窄窄的胡同小路，我四处张望，连走带跑，为安全也为赶时间。在暗夜里，看我的影子随着我的前行，在昏黄的路灯下拉长、缩短，再拉长、再缩短，在坑洼不平的道路上颠簸着，忽明忽暗。此时，唯有心中那盏灯，始终追随着梦想的脚步明亮如初。

小荷始露尖尖角

　　与赵老师学琴一年后，赵老师开始帮助婉旸准备参加全国"星海杯"钢琴比赛。小时候婉旸在"星海杯"上栽过跟头，用她自己的话说，要扳回这一局。

　　不久，赵老师又给我们一份《全国莫扎特协奏曲比赛简章》，并给婉旸留了《莫扎特协奏曲》K.467。第一次参加协奏曲比赛，婉旸兴奋异常，她最期待的是能获奖，与乐队同台。

　　每周上课，同时还要支持婉旸参加各种比赛和大师班、夏令营等活动，我们的生活一直比较拮据，尤其是没有了乔先生的资助后。这段时间，我每天记账算账，掰着手指头花钱。有时候，陪着女儿练琴，她休息时，我就坐在卧室窗下的小沙发上记账，往往，婉旸一看到就比较紧张："妈妈，是不是我们又没钱了？"然后马上会安慰我，"妈妈，你要相信我，我一定能成功！"

这一个月，由于给婉旸报名两场比赛，手头就越发显得紧张，这时离婉旸爸爸发工资还有两个星期，我手里只剩下二十多元钱。因此，我必须精打细算到每一分钱，既要价廉，又要保证营养。好在我们附近就是批发市场，我可以以相对低廉的价格买到普通食材，两根猪棒骨，有肉有汤；半斤肉馅，一颗大白菜，几个土豆胡萝卜，就能每天换着花样做饭。猪肉胡萝卜丸子、炖骨头汤和猪肉白菜馅的馄饨、饺子都是婉旸当时最爱吃的。

"星海杯"钢琴比赛是当时国内规模最大、最正式的比赛，评委阵容也十分强大，几乎囊括国内知名钢琴教授，因此很有说服力。报名时，婉旸还没有正式进入附中，所以只需报业余组即可，但我的目的是尽最大可能地让她多锻炼，因此，还同以往一样，给她报两个组，业余组和专业组。

不过，这次我还有一个小心思，就是想看看学琴一年后，婉旸与附中的在校学生还有多大差距。

两个比赛的决赛时间都是十月一日到五日，看来我们的十一长假将会十分忙碌。先是"星海杯"业余组的决赛，业余组成绩当天出来，婉旸没有获奖，这对于满怀期待的我们无疑是当头一棒！看榜回到家，我和婉旸都很郁闷且沮丧，连一直默默支持我们、为我们打气的妈妈都有些失望："学钢琴真是太难了！"

这时，我想起暑假赵老师因心脏问题住院，在病房我们见

婉旸憧憬地说："也许，等我长大了，将来有一天，在我的某场演奏会上，乔叔叔听到我的演奏就能见到我了！"

到赵老师夫人凌远教授时，凌老师说的话。

那天，风大雨急，暴雨如注，我和婉旸按事先约定去医院看望赵老师，正遇见在病房陪伴的凌老师。这是我来北京后第一次见到凌老师，赵老师介绍说："这个孩子就是咱们招生考试时你挺喜欢的那个。"

赵老师躺在病床上，凌老师跟我们聊了起来，记得最清楚的就是凌老师说："学钢琴不像学文化课，不像做数学题，你做一道少一道。学钢琴太难了，要学要练的东西很多，你弹几首曲子，就如同在大海里喝几口水，根本显不出来。"

现在想起来，这句话是何等贴切精准啊！我们这么拼命练，却连业余组都没有获奖。给赵老师打电话，赵老师倒是平静，只是说："没关系，继续努力，把明天的专业组弹好。"

在等待专业组的比赛时，我们与参赛的其他选手和家长聊天。看婉旸很轻松，有家长问她紧不紧张。婉旸说："不紧张，我妈妈说了，只要不是最后一名就行。"

专业组人数很多，比赛结果次日出来，令我们惊喜的是，婉旸获得了优秀奖，第五名，而她前面四个选手均是附中初二初三的在校生。这无疑是个意外惊喜。

后来才知道，其实赵老师早就知道了业余组比赛结果，只是怕影响婉旸后面的比赛没有告诉我们。业余组一个评委老师与赵老师家同住一幢楼，当天比赛结束后，赵老师就询问婉旸的比赛成绩，才知道婉旸没有获奖的真正原因是由于曲目顺序没有安排好，婉旸把最喜欢的《阿贝格变奏曲》放在前面，而把比赛要求的必弹曲目——《纺织歌》放在最后弹，因超时被打断，因此比赛成绩作废。

接下来就是协奏曲决赛。连续奔波几天，身体的劳乏、精神的紧张使我俩均很疲惫，婉旸试探着跟我商量能否放弃。我也有些犹豫，但转而一想，又觉着可惜，已经练了两个多月，而且初赛时婉旸表现得很不错，尤其赵老师一直精心为婉旸准备，放弃的话也对不起赵老师。考虑一下，尽管很疲劳，我还是跟婉旸说："咱们再坚持一下，不留遗憾好吗？"随后我联系她的伴奏，当时中央音乐学院作曲系的曲大卫，让他给婉旸打个电话，鼓励她坚持完成最后的比赛。

曲大卫是钢琴天才郎朗的儿时好友，与他同时来北京学钢琴，后因受伤改学作曲。他同样很优秀，也是婉旸当时崇拜的人之一，经他鼓励，婉旸欣然前往。

比赛地点在位于和平里的中国交响乐团演奏厅。这是我们第一次参加协奏曲比赛，坐在观众席上的我很紧张，婉旸也有些紧张，原因是在外面候场时，发现里面的评委都是钢琴界重量级人物。婉旸与曲大卫一起上台，自我介绍、鞠躬、落座，顺利开始。但是弹到中间有一大段伴奏，曲大卫直接从这段开头跳到结尾，因为评委听的是婉旸弹奏，可之前他们练习时都是弹完整的，我心里一紧，怕婉旸反应不过来，就在担心的一瞬间，婉旸已经顺利接上继续弹了。

比赛结束后，为了第一时间知道比赛结果，也为了次日不再跑一趟浪费时间，我们一直等在中国交响乐团大门口。等待时，我告诉婉旸，二十年前，我就在离国交不远的北京中医药大学读书，每个周末出来都会路过这里。当然，我从没有想到二十年后会陪着女儿在这里参加比赛。

不久，比赛结果出来，大红纸上赫然写着：少年组第一名——郑婉旸。

或许，放在今天，很多家长会带着孩子去庆祝一番，好好吃顿大餐。但我们没有，一是舍不得花钱，二是舍不得时间，因为后面还有更重要的事情，第一名将会与中国交响乐团一起在北京音乐厅演出，所以我们要赶紧回去上课、练琴。这时的婉旸已经长大也更懂事，她已经习惯从小我给她讲的道理：获奖只能代表过去，那已是翻过去的一页，若想将来更辉煌，就得继续努力！

尽管后面得过很多奖，但深知我们情况的女儿从没有向我提过让我奖励的话，而是在每一次比赛后都会总结一下，然后与往常一样，回家静心练琴。实际上，倒是我一直坚持对女儿的承诺：每获奖一次（前三名），都会给她买一个芭比娃娃留作纪念。至今，婉旸的两架钢琴，一个在银川，一个在北京，上面已经摆满了芭比。

不久前，赵老师的女儿赵聆老师从德国回来，在天津大剧院演出，我和婉旸作为粉丝从北京乘火车专程前往观看。

那天，我们下午五点半到达天津火车站，原打算听完演奏会当天赶回北京，谁知上了车才知道，当时从天津返回北京的最后一班车是下午6点。这下我有些紧张。

天津，虽与我们的上一辈有着千丝万缕的联系，我的姥爷早年曾是天和医院房东雍剑秋先生的好友，并在天和医院担任要职，大舅和舅妈也曾经一度在天和医院工作，但对于我来讲，仅仅是两岁时跟随父母来过，对天津已无丝毫记忆，随着亲人的离世，我们与天津的渊源也就逐渐淡了、远了。

在陌生地方从来搞不清东西南北的我紧紧攥着女儿的手，茫然地站在天津火车站前大街上。正思忖着怎么办时，一辆出租车停在我们面前，我先问他到天津大剧院的价钱，又要求他必须先带我们找到旅店，要离天津大剧院最近、最便宜的。出租车很快把我们送到当时一个很小的招待所，已经记不清叫什么了。登记好房间后，我和女儿一路奔跑，赶在演出开始前最后三分钟到达演奏厅。赵老师为我们留了前排票，头一次在演奏厅听协奏曲，婉旸开心又期待："妈妈，离乐队好近啊，有一种不真实的感觉！什么时候我要是也能跟乐队一起演出就太棒了。"

没想到，这一天来得这么快！

初次与乐队合练，婉旸还是有些不适应，练习时，只顾了听乐队，却忘记自己是主角，因此越弹越慢，乐队也跟着她慢了下来，直到指挥让乐队停下。中国交响乐团的首席小提琴起身跟婉旸说：你只管弹你的，乐队会跟着你。婉旸好像突然明白了什么，当指挥再次示意时，她立即投入到莫扎特的音乐里，这一次的配合完美默契。

这次演奏为婉旸后来不论是与乐队还是与同学合作都奠定了极好的基础，大学期间，许多同学与她争相配合，有小提琴、双簧管、大提琴等，原因是不论婉旸跟谁跟什么乐器都配合得很好。经常在排练时，听到婉旸说：你尽管继续，我会跟着你。

排练结束后，北京音乐台当时的记者吕老师采访了婉旸。吕老师自豪地告诉我，郎朗就是她第一个采访的。

赵聆老师的演出结束，我和女儿回到招待所，这是个非常简陋的小旅店，一个小房间仅能容下一张单人床，房间好像用木板隔断，隔壁上洗手间的声音清晰如在耳边；窗外公路上往来的大车几乎彻夜不停。我们和衣而卧，我一夜无眠。凌晨 4 点半，我叫醒沉睡中的婉旸，之前我们就说好，乘坐 6 点第一班火车回北京，这样 9 点之前就能到家，不会耽误练琴。

10 月 8 日，一整天，婉旸都在练琴走台排练，我有些担心，不知道第一次与乐队同台的婉旸能否顺利？临近演出时，赵老师给婉旸打来电话："你完全有能力跟乐队弹好。你要好好珍惜，同样学钢琴的，有很多人一生都没有机会与乐队合作。"赵老师还说他很想来听，只是因为要去俄罗斯做国际比赛评委，

等待时，我告诉婉旸，二十年前，我就在离中国交响乐团不远的北京中医药大学读书，每个周末出来都会路过这里。当然，我从没有想到二十年后会陪着女儿在这里参加比赛。

现在已经在去飞机场的路上了。赵老师的电话无疑坚定了婉旸的信心，也使我忐忑的心情稍有平复。

在北京音乐厅，我、婉旸爸爸以及来北京帮我们的婉旸姥姥挑选了楼上侧面不太显眼的位置落座，我们没有打扰后台的婉旸，没有买鲜花，也没有买礼物，不管心里如何期待、如何自豪，我都希望我的女儿以平常心对待这一天。因为，这仅仅是开始。

晚上7点半，演出正式开始，中国交响乐团的演奏家们手持各自的乐器，早已等候在舞台上。随着楼下观众的一阵骚动，紧接着，掌声雷动，我探头看向楼下，恰巧看到穿着红色连衣裙的婉旸在奥地利著名指挥家比金·卡登·米赛格先生的带领下走上舞台，霎时，泪水盈眶，曾经多少次，我幻想这样的场景啊！我们咬牙坚持，我们无畏艰辛，我们在看不到光明的日子里不言放弃，不就是为了这一刻和更多的今天吗！

婉旸走到舞台最前面，与首席和指挥握手后落座，调好琴凳。只见她微微低头，安静地看着琴键，此时的观众席鸦雀无声。几秒钟后，婉旸自信地抬起头，向着指挥点头示意，米赛格先生立刻举起指挥棒，随即，莫扎特协奏曲K.467的优美旋律在北京音乐厅上空响起……

被威胁·搬家

随着比赛落幕，十一假期也结束了，婉旸回校继续上课。通过比赛，我已经明显地看到婉旸专业上的进步，从刚来北京时的技术与音乐均较差，到现在与附中学生不相上下，甚至超过一些学生，这无疑更坚定了我们继续钢琴之路的信心和决心。

10月之后，天气渐冷，我已经学会在降温之前用不穿的旧衣服把水龙头包裹起来，这样，冰冻时我们不用再每天出去提水，也不用到离家很远的公共澡堂洗澡。

12月的一天，一件突然的事情让我们已经逐渐平顺的日子再起波澜。

那是周五，照例是我起大早去学校接婉旸的日子。前一天婉旸打来电话，说周五语文临时加课，因此我不用起早，只需10点左右到学校即可。我正收拾准备出门时，房东敲门，让我去他办公室。不知为什么，我当时预感到会发生什么事情，跟着他往办公室走的同时给婉旸发短信，告诉她：妈妈临时有事，或许晚一些去学校接她，并叮嘱她下课后好好练琴，不要浪费时间。

进了办公室，房东摔给我一份像是什么文件，冷冷地说："你们必须马上搬走。""为什么？"我小心翼翼地问，并没有看他摔过来的东西。但是，联想到乔先生的"失踪"，我感觉担心的事情恐怕就要发生了。我最担心的是房东撵我们走，虽然这里很艰苦，但是我们已经适应了这里的生活，我怕搬到别处后，女儿练琴没有这么自由。还有一个重要的原因，住在这里，我们可以省去一笔租房的开销。

事出突然，我来不及反应，来不及思考，只是机械又茫然地问："你给我们多长时间？""最多两天！"仅四个字，却如一记重锤敲在我心上。

其实原本我对这个地方就没有多少留恋，可这么突然，却是我措手不及。"能否多几天？我要花时间找房子。"我几近乞求，我从未这样跟人说过话。对方突然大怒："你走不走？你信不信我找人弄死你们？乔某在的时候，我看他的面子让你们住，他现在不在了，我凭什么还让你白住？你赖在我这儿，不就是看上我的钱了吗？"一番劈头盖脸莫名其妙的话抛向我，我震惊了！也被他的话吓着了！我突然意识到，在这个偏僻混乱的城边村里，没有了乔先生作后盾，我和女儿的性命都不过如枯枝上的一片冬叶，更别说其他了。

我突然明白了两年来一连串的"怪事"，暖气被频繁压死变凉，电话线经常被剪断不通……尤其最近，以至于有一次电话局的人问我是否跟谁有仇时，我都没有反应过来。我一直善良地认为，是工厂的小工人干活不小心，那些跟女儿差不多年龄的孩子，我对他们始终是同情和爱护的！因此，我终是没有也不想深究。

　　看来，事情并不简单！我想，一定是乔先生出了意外，导致原本他一直资助的这个人、这个厂没有了后援，自然不会让我们白住他的房子，并因此而迁怒于同样没有了依靠的我们。之前没有发作，不过是碍于乔先生的情面。

　　我不知道该去哪儿找房子，两年来，我与女儿除了练琴上课，就是接送她去学校，其他地方我几乎没有去过。尽管我从小在北京长大，但是北京天翻地覆的变化已经不可同日而语。

　　回到家，我忍不住大哭，从小到今，从没有人这样跟我说过话，也没有人这样恐吓过我，更没有人这样侮辱过我！在我的家里，甚至稍大声说话都会被小时候的女儿视为吵架。我不知他从何而来的那些话，即使最最困难的时候，我也没有开口跟父母要过一分钱！更不会为了钱，去做不该做的事！

　　或许是两年来各种心情、各种经历的爆发吧，我无法抑制自己，哭得天昏地暗、头昏脑涨，却依然无法停止。但是，我心里是清楚的：我应该去接女儿了，天大的事都没有女儿的时间重要！

为了稳定自己的情绪，我拨通了大表姐的电话，大表姐先是震惊，接着一直安慰我，直到我渐渐平静。一个多小时后，我挂掉电话，洗把脸，刻意画了淡妆，出门接女儿。

已是深冬，外面冷风刺骨，我不由得捂紧围巾，怕寒风吹皱了我被泪水浸透的脸颊。

两个小时的路途，我已经平静并想清楚。鉴于我们当时的经济状况，我们依然只能住在城边缘。在公交车上，我给好友打电话，她说："是好事，你现在虽然省些钱，但是每天提心吊胆、精神压抑，对身体、对心情都没好处，住到通州吧，房价便宜，你们这次租个楼房，生活上会方便很多。"

婉旸见到我，有些紧张："妈妈，没事吧？你哭了？""没有啊，"我笑了一下，"你知道的，妈妈这个季节过敏。"婉旸依然疑惑，却没有再问，我躲着她的目光转移了话题。

十年后，我与研究生毕业、已经拿到演奏家录取通知书的女儿惬意地坐在西餐馆里，回忆起这段往事时，女儿突然问我："妈妈，你当时为什么哭？"原来女儿与我一样，有些事情不挑明不追问，心里却是明白的。我说："他说要弄死我们，还侮辱我说我们是为了得到他的钱才在那里熬着。"女儿吃惊："妈妈，你太伟大了，我竟然到今天才知道真相，原来我们当时那么危险，怪不得你执意要连夜收拾搬家呢。"

我尽量保持平静地告诉婉旸，我们需要搬家，因为那边要拆迁，而且是马上。

已是傍晚，风依旧，天更冷，怕女儿冻感冒，拉着她，我们匆忙往回走。路边有一个房屋中介，温暖的灯光点亮了窗外黑暗夜色。婉旸停下脚步："妈妈，我们进去问一下吧？"

里面的人笑颜灿烂，鲜明于屋外的严寒。听了我们的现实情况，马上电话询问通州同行。我们真的很幸运！对方说有一套房子刚刚挂出来，应该符合我们的条件，看看天愈黑，我有些犹豫，婉旸坚持既然已经在外面了，还是去看看。

这套房子是三居室，非常干净，第一次出租。看得出来，主人非常细心，房间的每一个犄角旮旯都被打扫收拾得洁净整齐。或许是缘分吧，也或许老天被我们感动，不想再为我们制造困难，不愿我们再到处奔波找房。我们当场就定下这套房，立刻签了租赁合同。房主夫妻二人，一个在通州区政府工作，一个在社区工作，我们后来成了很好的朋友，他们非常理解并照顾我们。他们的儿子原定两年后结婚，但为了我们不再搬家折腾，为了婉旸能安心练琴，一直等到三年后婉旸准备参加高考才办的婚事。

赶回家已是半夜，我连夜收拾东西，最多的是书和光盘，婉旸的各种专业书籍，我们一起读的杂志、名著、励志书等，装了满满几大箱。

我和婉旸挤在搬家公司大货车的驾驶室里，第一次高高俯视四环路上急速穿梭的小轿车，大货车肆无忌惮地高速奔驰，新鲜又刺激。司机竟是个 17 岁男孩，家里几个弟弟妹妹由他

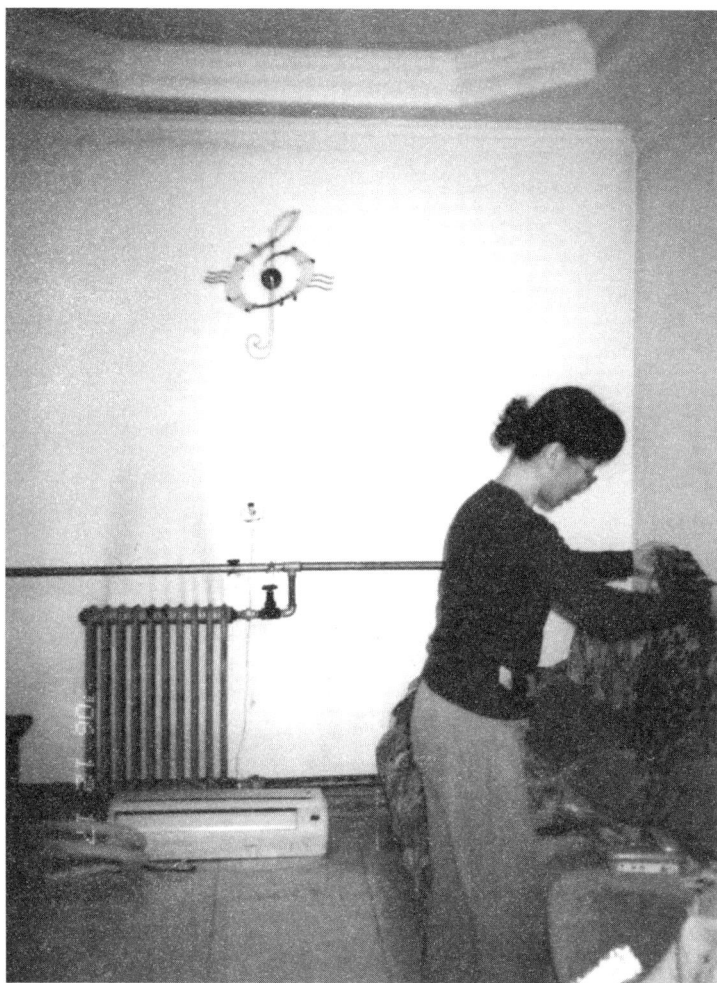

搬家时，婉旸给正在收拾行李的妈妈拍了张照片。

养活，下车时，我把自己的棉衣留给他的妹妹，因为我不再需要穿着棉衣出去洗碗洗菜洗衣服去卫生间了。

除了书、钢琴和床以外，我们几乎没有其他值钱的东西，因此，算上路途，不到半天时间，我们就到了位于通州梨园的新家。

12 月 18 日下午，我们离开住了两年的"家"，没有留恋。

通州 · 香港 · 春意阑珊

这个学期，赵老师一直在帮助婉旸准备参加在香港举办的钢琴比赛。北京地区选拔赛就在这两天，因此，搬到通州后，我们尚未来得及收拾，第二天就赶到城里参加选拔赛。

北京选拔赛的评委有郎朗的启蒙老师朱亚芬教授，有香港演艺学院的老师，还有中央音乐学院附中钢琴系主任张晋老师。

这时的我心情恍然如麻，面对女儿，尽管努力保持着平静，但还是影响到了敏感的女儿。婉旸报名的三个组：肖邦谐谑曲组、中国作品组、少年 A 组，在演出时都出现了较大失误，少年组弹贝多芬 D 大调奏鸣曲时，甚至一度在台上忘谱……看女儿当时的状态，获得香港比赛通行证是无望了。

回到通州新家，我一边收拾打扫，一边安慰沮丧的女儿，鼓励她不要因为这个意外而慢下追梦的脚步。

意外的是，三天后，我接到香港比赛组委会电话，通知我们准备去香港参加比赛，婉旸竟然获得了亚洲第十四届香港钢琴公开赛的通行证。至于少年组，老师说，虽然婉旸的失误较大，但是评委老师认为她是有潜力的，特许她去香港重新展示一下自己。

无疑，这个突如其来的好消息令婉旸重新振奋起来。

香港（亚洲）钢琴公开赛是当时在香港乃至全国同类比赛中资格较老的一项赛事，尤其是这届比赛，首次由香港钢琴音乐协会独立主办，没有任何商业机构或社团组织及政府的赞助。为了追求比赛的"纯洁"，摒弃"商业"味道，保持比赛的公平公证和规范，本届公开赛居然没有接受任何形式的赞助和冠名。大赛组委会为了保证来自全国乃至世界的三千三百多位选手在四天内完成比赛，不得不在香港九龙和港岛分别设立十余个赛场，以保证比赛可以多场同步按计划进行。

于是，一批批"赶场"的选手每天穿梭于香港的大街小巷，成为这次比赛的一道特别风景。我和婉旸也有幸成为这道风景的一部分。

还没有搞清楚东西南北，顾不得体验香港的繁华，我们到达的次日，婉旸就投入到紧张的比赛中，先是参加了肖邦谐谑曲组和中国作品组比赛，均获得二等奖。第三天的比赛是少年组，也是我们此次比赛最重要的一组，用赵老师的话说：前两组十分钟的演奏，凳子都没坐热，不过瘾。而少年组要求每人四十分钟的演奏时间，因此不论是赵老师还是婉旸都非常期待。

婉旸的比赛时间是下午，我们不熟悉路程，因此很早就赶到赛场，婉旸与赵老师的另一个学生一起铺一张报纸席地而坐，每人一瓶水一个汉堡，说笑着就解决了中饭，孩子们完全无视舟车劳顿。

　　我印象最深的是香港比赛有严格的禁止拍照的规定，每个赛场都有专门工作人员监视，且没有任何侥幸和通融，工作人员甚至会因为某些内地家长的不守规矩而大发雷霆。

　　不知为什么，总是有一些人倚仗自己的地位、权势，在国内习惯了飞扬跋扈，无视制度和规章。也有个别家长，孩子学的是高雅乐器，虽然跟着孩子，却不懂得与孩子一起进步，一起成长。

　　婉旸演奏时，有一位陪同家长一直在低头翻弄一个塑料袋，导致观众席上哗啦哗啦的声音不断，台上的演奏和台下的白眼似乎都与他毫无干系，外围的工作人员也鞭长莫及。比赛在香港演艺大学一个小演奏厅举行，选手和听众几乎没有距离，我一直担心婉旸被这声音骚扰，影响现场发挥。

　　全部比赛结束已是夜里，我们不舍得打车，我和女儿一边聊一边走，凌晨的香港街道寂静清冷，耳边，只有我俩的脚步声和轻轻说话声。这时的婉旸已然能凭着自己的记忆，带着茫然的我沿着脑中的路标，穿过一条条胡同和街道。一个多小时后，我们回到住处。

　　次日晚颁奖，少年组的获奖信息要发奖当晚宣布，对于获奖与否，我们也不太在乎。婉旸自小每天练琴，我们很少带她出去玩，没有来过香港的我们整整疯玩了一天，去海洋馆，去迪斯尼乐园……晚上精疲力竭的我俩完全忘记了颁奖的事情，直接回酒店休息了。

回到北京当天，我们去赵老师家上课，同时汇报比赛情况。路上，赵老师的那个学生打来电话，告诉我婉旸获得少年组比赛一等奖，问我们为什么没有参加颁奖典礼。据说颁奖典礼盛况空前，英国利兹国际钢琴大赛创办人及主席 Fanny Waterman 夫人等各国的钢琴界权威们都参加了颁奖。每每想起这件事，心里总有些后悔，我错过了女儿几次重要的时刻，突然觉着我这个做妈妈的一直以来只重视过程、无所谓结果的态度是不是太不珍惜女儿的荣誉了？

我们新的住处是六层楼房，我们住五层，月租金九百，这意味着往后的日子里，我们每月多了九百元的开销。

好在不久，婉旸爸爸在朋友的帮助下调到天津工作，离我们近了，工资也翻了一倍。我仔细计算了一下，除去租房、学费等大的开销，节省一些的话，我们还能有些许结余，前景还是很光明的。

这个小区大部分住户是当地拆迁户，无论是在阳光晴好的春天，还是在寒风呼啸的冬季，他们都会三五成群地坚持围坐在楼下打牌聊天，不用工作，不需挣钱。小区绿化很好，楼前

到了香港，还没有搞清楚东西南北，顾不得体验香港的繁华，我们到达的次日，婉旸就投入到紧张的比赛中。

楼后花草成片，来到这里，比较之前我们住处的脏乱差，几如世外桃源！最开心的是，我们不用再冒着严寒去外面洗澡，不用再担心暖气不热、电话断线，不用在寒冷的冬季里全副武装穿着棉衣才能去洗手间，更不用看人家的脸色做事⋯⋯

随着天气渐暖，这一年的春天似乎来得格外早，春姑娘的身影随着一次次春雨的降临越发清晰。从"草色遥看近却无"到草长莺飞春满园，道路两旁，蝶舞蜂飞，桃花烂漫。新的环境，好的心情。回到北京两年多了，我竟才发现，京城的春天是如此绚丽。

即使随后到来的 2008 年金融危机，婉旸爸爸公司降薪，生活陷入困境，似乎都没有过多影响到我们。为了保证婉旸的专业课，我们把生活成本降到最低，我不再给女儿买零食。那时，每个月小姨都会从南京给婉旸寄来一大箱吃的，姥姥姥爷也经常给我们寄包裹，正是家人的支持和帮助使我们顺利且快乐地坚持着。

跳级·自学·搬家

初二下半学期，经过再三斟酌，我决定让婉旸跳级，从初二直接参加中考上高一，这本来就是我计划中的一部分。我了解婉旸，深知她的能力，婉旸自己也摩拳擦掌、跃跃欲试。她对于我的任何决定，只要能保持她进步的，必会无条件服从。

中央音乐学院附中的文化课要求很高，完全按照普校课程设置，初二开始增加物理，初三增加化学，考试卷也是用普校的。实际上这是很正确的做法，很难想象，一个文化程度不高的钢琴家如何能深刻理解、如何能完美诠释一首经典作品！但是至今，我还常听有琴童家长说："看看这孩子将来学习如何，不好的话，就让他学音乐。"难道学音乐是只有别无他路时才能选择的吗？

钢琴之路漫长而艰辛，如果在学习的道路上不能坚持不懈，不能精益求精，那么在学琴的过程中，同样不能持之以恒，不能一丝不苟！学习不努力的孩子，弹琴一样不会精彩，至少，他很难成为大师级钢琴家，纵观中央音乐学院各个专业的教授，不仅多才博学专业顶尖，精通两门以上外语的比比皆是。

婉旸的语文基础很好，不需要补习。有她平时博览群书的基础，历史地理也问题不大。因此，我们只需抓紧时间补习初三的数理化课程。

我火速买来初三课本，认真研读复习，并利用周末婉旸在家的时间给她补习。但比较遗憾的是，我们最终做出跳级决定时，已经错过了北京市中考的报名时间，那么，唯一办法就是回到银川参加中考，人熟，关系较多，或许报名的问题不大。附中高中是全国招生，本校学生只要文化课成绩达标即可，因此，在哪儿考试均不会影响婉旸正常升学。

我立即给家里打电话，得知银川学校的报名也已经截止。父母几经周折打听到，可以直接去教育局按社会上的非应届考生报名。于是，妈妈顶着烈日数次往来教育局，直到给婉旸报上名。与此同时，我们在北京也没有闲着，婉旸边上初二课程，我边给她突击初三数理化，同时练琴也不能放松。随后，我们掐着考试时间回到银川，三天参加完中考，又迅速赶回北京，参加学校期末文化课和专业课考试。

9月，婉旸顺利升入高中。学钢琴的同时，婉旸开始学习指挥。初二时，指挥专业陈老师到钢琴专业挑选学生，班主任力荐婉旸参加考试，但她不以为然，弹琴、视唱练耳，然后跟老师大聊特聊，没想到，在考试学生中，老师唯独看上了婉旸，并特地打电话给我，说婉旸阳光外向，专业优秀，希望我能配合她做婉旸的工作。无须多说，婉旸一定是喜欢学的，只是对我来讲，支出上更需要精打细算，才能保证我们的正常生活和婉旸的顺利学习。

随着婉旸升入高三，也就进入到了大学考试倒计时。中央音乐学院的招生考试通常安排在每年春节过后。

这年暑假，婉旸参加了德国贝多芬音乐节的钢琴比赛，考虑到她将面临高考，为了多一次锻炼机会，我依然给她报了两个组，一个是她目前的年龄组，一个是大学组。

去报名时，主办方的老师看我准备给婉旸报两个组，一直极力好心劝阻，不让我给婉旸报大学组，说如果得不了奖的话，孩子会受打击，我笑说："没事，我们受打击习惯了，我女儿的抗击打能力很强！"周围老师全都笑喷。报名的老师抬起头来，认真打量我半天："你这个妈妈跟别的妈妈不一样啊，别的妈妈都很害怕孩子受打击，你的心态可真好！"

婉旸很小的时候，我就想方设法鼓励她参加各种力所能及的活动，不在乎结果，重在参与。即使没做好，我也仍然鼓励她、夸奖她。在她还不懂拒绝、不知道紧张的时候，我就哄着她上台，鼓励她为大人表演，因此，婉旸骨子里一直有着很强烈的表现欲望。我认为，这为她学演奏专业奠定了较好的基础。

这次比赛，婉旸获得了第二名。令我们惊喜的是，婉旸竟然获得了大学组比赛的优秀演奏奖，她的名次甚至在一些大学生前面。

比赛结束，婉旸也开学了。看着周围同学除了上专业课外，都开始找老师单独补习乐理、视唱练耳等专业相关课，婉旸自然心里也着急。但深知我们经济状况的女儿不忍心也不好意思催促我，因为多补习一门课，就意味着要多一份开销。她仅仅是偶尔小心翼翼地提醒我一下。

趁婉旸去学校，我找出她的乐理书，逐页认真读了一遍。在我看来，虽然课程不简单，但感觉婉旸是能够看懂学好的。周末，我与婉旸商量，从现在开始，每晚除了练琴，再加看半小时乐理。我告诉女儿："妈妈坚信，如果你用心的话，一定能看懂！咱们坚持一个月，到 10 月，如果你没有进步，依然看不懂，妈妈就给你想办法找老师补习。"婉旸迟疑着答应了，很勉强。

从此，每天 8 点练琴结束，婉旸自己看半小时乐理。半个月后，婉旸告诉我，她大概能看懂乐理书里的内容了。

就这样每天坚持半小时，到 10 月底时，婉旸告诉我："妈妈，我们可能不用找老师了，我都看懂了。"婉旸还告诉我，刚开始看书做题时，做完一道题，大概要吭哧半小时，现在只需要十分钟。为此，我俩都很高兴："妈妈说过你没问题的。"

我继续鼓励她，离高考还有至少三个月，这样坚持看下去，一百分钟做一百五十道题的考试要求，婉旸轻易就能达到。

接着，我又"得寸进尺"地与婉旸商量，让她开始自己练视唱练耳。我同样要求她每天练琴结束后，再加半小时，自己弹自己唱自己听，这次，婉旸很自信地答应了。

距招生考试还有不到一个月时，婉旸初一班主任刘老师听说婉旸从未在外面补习乐理，不放心，一定要帮婉旸把关，每次让婉旸做一份模拟考试题，连续两周，而且坚决不收学费。所以说，在婉旸的专业之路上，成就她的，除了起重要作用的我们最崇拜、最尊敬的赵屏国教授，还有这些默默帮助我们的老师。

随着高考的临近，时间对我们来讲愈发宝贵。我开始考虑再次搬家，我们需要搬到大学附近，以最大限度地减少我们每周穿越北京城的时间。

同时，考虑来年婉旸准备参加中央音乐学院考试时，不论是考专业课还是考文化课，万一需要补习的话，无疑搬到中央音乐学院附近是最经济实惠的。况且，如果考入中央音乐学院，我们的活动范围还是在大学附近，不如一次到位，因此，我决定直接在大学附近找房子，准备搬家。

我连续几天在大学附近转悠，找房看房。当时，金融危机刚过，国内经济逐渐复苏，房价、租金也从谷底开始回升，经过多方比较，我找到一套比较合适的二手房，这套房离大学很近，

这次比赛，婉旸获得了第二名。令我们惊喜的是，婉旸竟然获得了大学组比赛的优秀演奏奖，她的名次甚至在很多大学生前面。刘诗昆大师为婉旸颁奖时，赞许地拍了拍她的肩膀。

步行只需十分钟。当时的租金是每月 3300 元，需一次性交半年押金，这与通州的房租九百元比较，相差将近四倍。

我仔细算了下账：如果婉旸顺利考入大学，我们至少要在此住四年。假如我们租下这套房子，四年共需要花费 15.84 万元，再加上水电物业等费用，四年最少的花费是 16 万。退一万步想，假如女儿没有考上，我们还要再多花一年租金，就要白白浪费近 20 万。那么，如果买下这套房子，不算首付，每月月供 2800 元左右。如果女儿顺利考入中央音乐学院，学费压力更小，省下来的钱正好可以用来还月供。思前想后，同时在妈妈的支持下，我决定买下这套房子。

买房最大的问题是首付，这些年，我们把全部收入都用到女儿的专业课学习上，家里没有一点积蓄。得知情况的我的父母、妹妹丝毫没有犹豫，尽全力帮助我们凑到了大部分，不够的很少部分，我们从好友处借到了。迅速办好手续，时间已到 12 月，为了不耽误女儿时间，我们匆匆进行了简单收拾。

在历经五年租房和两次搬家后，12 月 31 日夜，我们终于搬到了属于我们自己的新家。搬家时，我扔掉了"收藏"几年以备随时搬家的各种纸箱。

磨炼高考

时光过隙，这一年春节，我们没有回到银川父母家，而是留在北京继续上课，备战年后的高考。

学音乐的孩子，上大学不仅要考专业，还需要参加文化课考试，尤其中央音乐学院的文化课也有严格的分数线。因此，学音乐尤其是钢琴，比单纯学文化课要辛苦得多。

报考普通学校，参加高考结束后，能够按照成绩选择大学一本、二本、三本，再不行，还有大专保底。而报考音乐学院就没有这么多机会了，特别是中央音乐学院。每年国内各大音乐院校的招生时间基本不差左右，因此，根本无法同时兼报几所音乐学院，考生选择了哪所学校，就只能盯准去考这所学校。也正因为此，在报名之前，中央音乐学院就已经筛掉了一部分学生。敢于孤注一掷报考中央音乐学院的学生，不是专业顶尖，就是自信爆棚！

这部分学生需要参加专业初试，初试通过，继续参加专业复试、三试（专业相关课），全部合格了，方能拿到学校发的文化课考试的通知，继续参加高考。四部分成绩缺一不可且必须达标，一项失利，前功尽弃。正因为如此，或许你会理解，为什么有的家长会晕倒在榜单前——举家孤注一掷，几近倾其所有，数年拼搏努力，最后或仅因一个小失误而与梦想擦肩而过？

第1关　专业初试

由于这一年春节较晚，因此，中央音乐学院的招生考试时间也比往年稍晚一些。

3月6日，中央音乐学院招生考试正式开始。初试一共四天。婉旸的运气并不好，被安排在第二天下午倒数第三个。上午练了一小会儿琴，我们早早吃过午饭，就让她睡觉了，一直到下午3点半。

对于考试，我们丝毫不敢掉以轻心，时常耳闻没有考入中央音乐学院的各种情况。因此，尽管老师说如果不出大的状况，婉旸很有希望，但我们还是非常紧张。为了缓解婉旸的压力，春节期间，我们带她逛庙会、吃烤串、买风车……也着实折腾放松了一通。

虽已初春，雪后的天气依然寒冷异常，我让婉旸穿上我长过膝盖的羽绒服，并给她灌了一瓶热水暖手。

下午4点，中央音乐学院的校园里空旷清冷，几乎感觉不到正在进行的招生大考。稀稀拉拉仅个别学生背着乐器匆匆走过，我有些紧张，甚至担心我们是否错过了考试。

看着婉旸大步走进综合楼考场，直到她瘦弱的身影慢慢淡出我的视线。这时的我大脑一片空白，不知此去吉凶，我们几年的奋斗不知会有怎样的结果……

我和婉旸爸爸沿着通往音乐厅的道路，漫无目的地往东走，从学校东边的小门出来是个窄窄的小胡同，看路牌才知道，原来这叫月台胡同，奇怪的名字，不知有什么典故？沿着胡同走出来，才知道这就是长椿街了。在附近住了俩月，我竟一点不了解周围环境。婉旸每天除了吃饭睡觉，就是练琴读书。我则是买菜做饭，盯着婉旸练琴，抽空看看书，仅此而已。

此时，我们只是茫然地观察周围的一切，聊着一些无关紧要的话题，绕着学校一圈又一圈行走，目的是为了转移注意力。我根本不敢想婉旸的考试，我担心她的《肖邦练习曲》No.8开头碰错音，担心她的《斯克里亚宾练习曲》忘谱，这首很难的八度练习曲仅练了两个多月。老师明确说过八度是婉旸的弱项，因为她的手不够大，在婉旸执意坚持下，老师最终同意她用这首曲子参加考试……

估计时间差不多了，我们便从东门又回到学校，走到离演奏厅约五十米的地方，正好看到婉旸从综合楼大门小鸟般飞了出来，看她的情绪，我忐忑的心情算是平静了一些。婉旸说考得还不错，但没有发挥到最好。

我一颗悬着的心算是落了一半——在没有得到确切进入复试消息之前，还是不能高兴得太早。

　　到家没多久，我们就得到婉旸进入复试的消息，且是前五名。全家无不欢欣鼓舞，立刻行动起来，给远在北方小城同样焦急等待的姥姥姥爷，给在南方一直视女儿为己出的小姨，还有妈妈的所有好友，包括一直帮助我们的杨阿姨，以及众多一直关注并帮助我们的朋友发短信、打电话……

　　晚上11点多，我们从网上查到了复试的时间安排。幸运之神并没有完全眷顾到女儿，婉旸被安排在复试的第一天下午，也就是说，几乎没有练习新谱的时间。

　　这下，婉旸有些着急甚至慌乱。我按捺住自己的担心，一边安慰她，一边陪着她练习新谱。这时的我们已然顾不上什么公德、什么邻里关系了，我甚至想，只要婉旸能考入中央音乐学院，让我挨家挨户给邻居道歉我都愿意！婉旸爸爸也不断给前来敲门的邻居赔礼致歉，直到深夜两点……

　　这一夜，我平生第一次失眠了，兴奋的我根本无法入睡。坐在床边，透过二环路上的黄色路灯，我看到窗台上那只纸叠的白天鹅高高昂着头，骄傲地注视着中央音乐学院，我仿佛看见它飞进了学校大门！这只天鹅，是妈妈的好友张梦菊阿姨用了无数个夜晚，用上百张白纸，一点一点叠起来送给我们的……看着熟睡的女儿，我想，我的女儿一定会从丑小鸭变成骄傲的白天鹅！

第 2 关 专业复试

由于参加复试的学生少了一大半，考试时间也没有初试紧凑了。

对于下午的考生，学校通知上写着：12 点 15 分抽签，14 点正式开考。因此，我顺理成章地想，抽完签不过也就 12 点半，下午 1 点之前，婉旸一定能回到家。

于是，婉旸和她爸爸去学校抽签，我在家抓紧时间做饭，以保证婉旸抽签回来一进门能吃上热乎饭，饭后还能小睡一会儿。但是，左等右等也不见俩人回来，眼看到了 1 点半，不仅不见婉旸的踪影，反而连电话也不通了。心急如焚的我放下炒了一半的菜，跑到学校想看个究竟。

学校里，满目家长考生皆紧张严肃，我看见婉旸同班一个拉小提琴女孩的爸爸面对墙，双眼紧闭，双手合十，一动不动。更多的家长则是拥堵在综合楼考场，焦急地等待在紧闭的大门前面。

这时我才知道，进去抽签的婉旸根本就没有出来，自然也没有吃东西，我催着婉旸爸爸去街口的肯德基买个汉堡，等婉旸出来赶紧让她吃一点……

两点整，婉旸还没有出来，我心里越发不安，不明白仅仅抽个签怎么会那么久，打电话也一直处于无人接听状态。眼看着两点过了，我的心开始狂跳——考试是否按时进行？不知婉旸是第几个？

正猜想，综合楼大门从里面砰然打开，竟然是婉旸，她面无表情地从里面快速走出来，她爸爸以为她出来拿吃的，赶紧挤上前，把汉堡递了过去，谁知她看都没看一眼，只是极其郁闷地说了一句："考完了！"——婉旸是下午复试第一个出来的考生。

原来，进去的考生抽签后就不允许再出来，手机也被收走，以防给老师发信息作弊。

婉旸从小到大参加过很多钢琴比赛，神奇的是，只要有抽签，她百分之八十都抽到一号，剩下那百分之二十基本是抽到最后一号……看来这次仍然没有打破常规——抽了一号。

焦急的家长们呼啦一下围住婉旸问这问那，女儿耐心地一个个回答，但我分明看见她眼里噙满泪水，她极力控制着，直到脱离了家长们的包围……

回家的路上，婉旸只说了一句话，就是新谱试奏时，她的谱子被翻谱的哥哥给弄掉了。

婉旸说她只好停下，捡起来再弹，问题的关键是：考试是拉着帘的，她弹断了，台下的老师并不知道她停下来的真正原因……事后女儿才告诉我，当时她一看谱子掉了，紧张得每一根手指都在颤抖，几乎压不下键了，因此，新谱不仅是弹断了，而且弹出来的音很可能都是虚的……真是戏剧性的变化，仅仅24小时，我们的心情也从峰顶跌至谷底，如同雪后的天气，冰冷异常。

昨天夜里又开始零星降雪，到了今天，整个京城都被白雪覆盖，早晨看新闻，降雪给道路交通带来较大的影响，截至早晨8点49分，首都机场已经延误航班28架次，取消49架次；京津唐高速的部分路段也采取了双向封闭……

顶着飞舞的雪花，我们回到家已是两点半，家里更冷，要不是看见炒了一半的菜还躺在锅里，根本想不起来我们还没有吃午饭。大家坐在客厅的沙发上相对无语，婉旸爸爸随便吃了几口昨天的剩饭，默默地回天津单位了，他怕晚些时候雪大路封耽搁工作……

看着一直伤心落泪的女儿，我强装轻松不断安慰她："没关系，胜败是兵家常事，今年不行，明年我们再考。"

老天爷给我们的考验实在是太多了，原本坚信过了初试就会轻松通过复试，因为老师一直说女儿复试准备得更充分。之前我们上过很多大师课，都说女儿音乐很好，细腻、流畅，是用心在表现，而复试的两首曲目奏鸣曲和乐曲都是女儿的强项……谁也不会想到会在新谱视奏环节上出问题。

又是一夜无眠，难道我们几年的辛苦就这么付之东流？想起刚来北京时，我们住在那个废弃的厂房里，那是一年中最寒冷的季节，屋里的温度只有十度左右。也就是在那时，我看过一本写钢琴家郎朗的书，说他小时候住在白纸坊时，房间也是同样冰冷异常，每天练琴时先是穿着棉衣，越练越热，边练边脱，直到脱成单衣……一点也不夸张，我们的情况就是如此，如果没有经历过，是想象不出来当时情景，甚至是不会相信的。

记得当时女儿在准备附中的考试，每天弹肖邦练习曲《大海》，几年过去了，直到现在，每当我听到这首倍感亲切的练习曲时，眼前浮现的从来不是波涛汹涌的大海，而是一间只有六七平方米的小屋、一盏昏黄的台灯、一架海兹曼132型的大钢琴和一个挥汗练琴的小女孩……

3月9号，复试的最后一天。这一天，不仅对于考生，还对于考试失利的孩子来讲，尤其是难熬的一天！

婉旸从小性格很好，开朗、活泼、热情，乐于帮助同学，因此也深得老师和同学的喜爱。她复试的情况很快传到老师和同学那里，整整一天，提前考完的同学轮流带她出去散心、吃饭，甚至班主任刘老师也打来电话，邀请女儿去了他家……真的非常非常感谢他们！

平生第一次觉着度日如年，时间似乎被寒冷凝滞，盼着，却又害怕傍晚的到来……

中午，实在疲惫困极的我倒在沙发上睡着了，但很快被噩梦惊醒，梦中的情景清晰在目：我梦见的竟还是那辆双层公交车，不同的是，这次我和女儿坐在座位上，车依旧飞速行驶，前方突遇陡坡——一个近乎九十度的陡坡，汽车快速冲上坡，快到坡顶时，车速骤慢，渐行渐艰难，几乎停滞，几近仰面翻倒，我和婉旸死死抓住前面扶手，紧张地绷紧全身每一根神经。司机拼命加油，随着油门的轰鸣，公交车慢慢地开上坡顶，随即前轮着地，平稳地落在坡顶平台。

突然，眼前一亮，前面的道路平坦宽敞，道路两旁绿柳如荫，花草成片，汽车继续前行，却又见前方路上摆满棕色木椅，就在担心再次受阻、汽车无法顺利通过时，不知从哪儿跑出一群人，三下两下变戏法般瞬间搬走所有椅子，随即，我们的车呼啸驶过……一身冷汗，我猛地惊醒，坐起在沙发上，仔细回忆做的梦，忽觉心里轻松了，我想，或许女儿的考试有惊无险，但我并不敢告诉婉旸，毕竟这是梦境。

婉旸自小酷爱音乐尤其钢琴，只要一坐到钢琴面前就兴奋异常。上小学四年级时，老师留了一篇命题作文：《十年之后的我》——刚刚八岁的女儿写道："十年之后，我将成为中央音乐学院钢琴系的一名大学生……"算来，正好十年！

来北京这五年，我们几乎没有逛过街，没有看过一场电影，除了一些必要的演奏会、一些与专业有关的展览活动外，女儿每天除了吃饭读书就是练琴！实在寂寞了，就看看小院里冬天随风打旋的落叶，春天飞翔嬉戏的小鸟……甚至有时看我纠结动摇或者稍有担心时，女儿会搂着我："妈妈，你一定要坚持，你要相信我，我一定能成功！"

是女儿的执着和决心，还有我的坚持，以及众多老师亲友的支持，才使我们走到了今天！

下午5点多，女儿从老师家回来，并没有开心起来，进门默默地走到钢琴前坐下，依然默默地流着眼泪。

女儿从小心里就不装事，再伤心的事情几分钟就忘记了，但这次考试的失利则不同，因为这是个意外，这个意外对一个从小真正热爱钢琴、热爱音乐的孩子来讲，其打击的程度是一般人无法体会、无法理解的！

我热了四个之前包好的馅饼，我和女儿都闷着头吃晚饭，没有食欲且尝不出味道，只是在机械地重复咀嚼动作，我们互相都怕对方因自己吃不下饭而伤心……电视开着，没有人关心在演什么……我们都默默地数着时间，盼着却又害怕。

晚上 7 点 15 分，老师的电话终于来了，婉旸犹豫着，几秒钟后，颤抖的手拿起手机，然后，跑到阳台上接通了电话，我的心狂跳不止，我甚至在心里埋怨婉旸不打开免提……电话打了很久，直到我终于听到女儿的一句话：您真的确认我的专业通过了？

紧绷两天的神经终于松弛下来！

挂了电话，我和婉旸都哭了，之前，婉旸曾经考取了国外两所音乐院校，包括世界十大顶尖音乐学院之一的伦敦英国皇家音乐学院，我们都没有太多感觉。婉旸给她爸爸打电话，他长出了口气，只说了一句话："歇歇吧，我去加班了，这两天什么工作都没做。"

中央音乐学院钢琴系——这个让我和女儿魂牵梦绕了多年的地方！这个女儿从小预言的地方！这个我们一直向往的地方！这个无数音乐学子朝圣的音乐殿堂！我们，终于如愿了！

其实，婉旸考试时我的担心，不仅仅是怕她出错，更是因为我们几乎没有找其他老师，就是考生们所谓的走课。走课，即考试之前，要找所有评委老师挨个上课。据说，不走课是考不进音乐学院的。因为经常听落榜考生说：就是由于没有走课，所以落榜，尽管通过接触中央音乐学院的老师，我是不相信走课之说的。

中央音乐学院有着一批像赵屏国老师这样正直、负责的教授，他们不为名利，不在乎学费，凭着一腔对音乐的热爱和执着，尽最大所能来培养、教授这些真正热爱音乐的孩子们，帮助他们实现自己的音乐梦想。他们决不会因为考生没有"走课"而将你拒之门外。

这时，我想起考试前老师曾经告诉我们的话：不要相信那些谣传，只要你的水平到了，绝对不会有老师为难你。

第3关 理论考试

接下来是参加三试，几乎没有什么悬念了，试唱、听写、乐理，女儿没问题，高中三年，她都是班里第一。准备参加高考的同学基本在高二时就开始找老师补习了，我一直认为女儿不需要。离考试还有不到半年时，女儿开始自学乐理，练习视唱。每晚8点以后，婉旸先用一会儿时间练练视唱，再花半个小时看看乐理，用了三个多月的时间自学了考试的所有内容，因此，这两门课我们几乎没有花钱去补习，更谈不上去找相关专业的老师上课了。因为在这之前，我的耳朵里也灌满了不找相关专业的老师上课就不可能通过考试的说法。

临近考试一个月时，为了检验一下婉旸自己练习视唱练耳的效果，我考虑给婉旸找个老师再系统讲一下。一直在大学补习的婉旸好友小孙同学向她的老师，中央音乐学院视唱练耳专业退休的朱有臻教授提起，但被朱老师一口回绝，原因是马上考试时间来不及，后经小孙的再三请求，说婉旸是班里第一名，是固定音耳朵（耳朵有固定音高，不用给标准音就能分辨出不同音），朱老师才答应先试试。第一堂课，朱老师给婉旸讲了两个半小时，这是我们没有想到的，课后，朱老师只收了婉旸一节课学费，并且对婉旸说："谁说来不及，对你来讲没有任何问题。"

三试依然很严格，去年有个考生答完题准备交卷时，仅仅是下意识地拿出手机想看看时间，就被当作作弊取消了考试资格。所以这三门考试，我都严禁女儿带手机。我不会担心她作弊，我们的家庭教育使女儿从小痛恨作弊这类不诚实的举动，她不敢也不屑。我仅仅担心她考完试也会下意识地看时间。其实我还有更担心的，就是怕考试时同学问她，婉旸不好意思拒绝。

乐理考试是上午8点半到11点，快到11点时，我就开始坐立不安，盼着婉旸回来，算着时间，11点10分左右婉旸应该回到家，但迟迟不见她的踪影。按捺不住的我出去往学校方向迎接女儿，刚走出小区大门，在鱼贯的考生中，我远远看

婉旸自小酷爱音乐尤其钢琴，只要一坐到钢琴面前就兴奋异常。上小学三年级时，老师留了一篇命题作文："十年之后的我"——刚刚八岁的女儿写道："十年之后，我将成为中央音乐学院钢琴系的一名大学生……"算来，正好十年！

见一个穿橘色短大衣的女孩在人群中脚步轻盈地走来，我紧绷的神经才放松下来。

考完视唱，女儿回来告诉我，有个考生都唱完了，转身准备离开时，老师发现了他挂在脖子上的耳机（其实是候考时听歌的），随即考试结果作废。

考试是残酷的，但如果你不遵守考场纪律或想侥幸，结果将更残酷。

第4关 冲刺文化课

学习乐器的孩子几乎都是半天上课、半天练琴。婉旸的情况更特殊一些，因为不断有比赛、音乐节等活动要参加，所以上文化课的时间相对更少。

今年，由于春节的原因，专业考试时间比往年晚了半个月，因此，文化课复习时间也比往年少了半个月。也就是说，要用两个半月的时间复习完两年多的课程，任务还是相当艰巨的。

准备把婉旸送进补习班的那个周日，我让她好好睡个午觉，为新一轮的冲刺做好准备。这段时间太累了，不仅身体累，而且精神上一直高度紧张，更累！

窗外，鹅毛大雪纷纷扬扬，天色昏暗阴冷。午饭后，婉旸疲劳地睡了，我收拾好碗筷，正准备也躺一会儿，婉旸突然坐了起来，惊问："妈妈，几点啦？"等明白过来后，十分伤感地说："妈妈，我好怀念跟赵老师上专业课的那些日子！"——

我抬头看，正好两点，通常的这个时间，我们应该准备出发去上课了。

是啊！婉旸上大学之后，就面临着跟新的老师学习专业了。婉旸是十分幸运的，学习钢琴的道路上遇见了两位非常好的恩师，赵老师教了婉旸五年。这期间，婉旸的进步无法一言蔽之，尤其对音乐的理解和表现；另一位是大学的老师，他迅速弥补了婉旸技术上的不足，两位都是德高望重的教授。应该说：没有他们，就没有婉旸的今天！

婉旸从六岁开始学钢琴，每天练琴，每周上课，十几年如一日，几乎没有间断过，现在需要暂时停下学琴练琴，全身心地投入到文化课复习里，这个转换虽然有点突然，但是，必须立即适应，否则前功尽弃。

学校为婉旸这届毕业生请到的都是很好的文化课老师，其中不乏二中等名校教师。我把婉旸送到学校的同时，也顺便了解了一下老师情况，并把婉旸留在学校。但我并不放心，由于跳级，婉旸的数学功底不十分扎实，所以我考虑想再为她找一位数学老师，针对她的弱点特殊补习。

早就想到这个问题的妈妈的好友杨承佑阿姨，在得知婉旸专业通过后，很快为我们找了一位经验丰富的数学老师。经与数学毛老师确定时间后，周日下午，我带着婉旸来到毛老师家。我想当然地以为跟专业课一样，我可以旁听，但是进门后，正要坐下的我被毛老师客气地请出了门。这下我有点郁闷，原打

进考场前，孩子们抓紧最后的时间复习。

算我能跟着婉旸一起听课，回来后可以辅导她，看来，只好靠我自己了。

白天补课还好说，我坐在楼下小区的石凳上，边看书边等婉旸。晚上就比较麻烦，周边不熟，我不敢到处乱走，只好站在这座旧楼漆黑的楼道里等着婉旸下课。

补习文化课的费用是每节课 200 元到 250 元，但考虑到老师很有经验，又是熟人介绍，我便每节课给毛老师 300 元，一周补两次，每次两节课，当时感觉经济压力还是蛮大的。每次下课回到家，我都要问婉旸老师怎么讲的，婉旸说她每节课要问老师一些问题，毛老师说，有的问题他教这么多年书，都没有学生这么问过。毛老师说她很聪明，还说太可惜了，要是在普校一直跟着学习，她的数学考到一百三四十分没有问题。

与毛老师补习一个半月后，我发现，毛老师一直在给婉旸讲基本概念，虽然他讲得非常清楚，但我让婉旸做题，她却无从下手。我算了一下，如果按老师的进度，到考试时也就只能讲完基本概念，考虑再三，我决定让婉旸停止补习。因为我想，考试考的是实战，必须要会做题，并且只有我最了解我的女儿，我知道她哪部分清楚，哪部分薄弱。

婉旸已经连过三关，一旦文考失利将前功尽弃，更重要的是还要再学一年专业，这在经济上无疑也是巨大压力。在最后的关键时刻，我必须迅速捡起以前学过的东西，帮助女儿在短时间内突击数学，顺利通过最后一关。

利用三天时间，我粗略地把婉旸高中的七本数学书浏览了一遍，剔除四本，其中三本是考试涉及内容很少的，记得有一本书讲的是极值，实际考试只有一道题；另外一本是讲函数，虽然几乎占据考试内容的三分之一，但也被我剔除掉了，原因是离考试只有不到一个月，我们来不及也没有时间了。那么剩下的三本书，全是考试涉及内容比较多的，我仔细研读后，再对比前两年的高考试卷，找出重点，从推导公式开始，每天盯着婉旸做最基本的习题，且重复做，让她了解基本原理，会从原理自己推导。在做题的过程中，婉旸经常会不自信地问我："妈妈，真的就这么简单吗？"

今年的数学试卷比往年要难不少，前面六道基础填空题都需要两步甚至三步才能推导出结果，比我们平时练习的一步推导出结果的习题要难得多，但令我非常高兴的是，婉旸竟然做对了五道。

附中的学生全部被分散到大学附近的各个中学参加考试，考试前两周，我们得知婉旸被分在铁路二中考场。为此，我两次从家走到铁路二中徒步丈量时间，以确保婉旸考试当天的从容。我不主张把这一天搞得轰轰烈烈、如火如荼，我只希望女儿能淡定如从前，把高考只当作人生的一次经历，甚至一次期末考试。尽管我心中一直忐忑，一直担心！

考试第一天，我们把婉旸送到铁路二中考场，周围的道路已经戒严，校门口的每一块地方都被送考家长悉数占据。我们从人缝中挤进去，婉旸回头看我们一眼："妈妈爸爸，这么热，别在这等我，你们去逛街吧。"目送婉旸走进考场，我们便进了不远处的商场。

最后一门课是大综合，考试结束后，在孩子们的提议下，当晚，我们与婉旸的两个好友共三家人一起吃饭庆祝。另两个孩子，一个拉二胡，一个拉小提琴，三个孩子同班五年，亲密友爱。只是，在这特殊时刻，她们并不轻松，因为她们深知过四关之不易！或许，此后各奔东西；或许，明日仍为同窗。

晚上回到家，语文标准答案已经公布，语文是婉旸的强项，必须要考好。我与婉旸一起对照标准答案，我惊喜地发现，婉旸的基础题部分几乎是全做对了。

6月23日晚上9点半公布高考成绩。饭后，婉旸在里屋电脑前不知干什么，我则在客厅一边心不在焉地看电视，一边不停地看表，分针指到差两分9点半时，我开始紧张，紧张得我想上洗手间，刚站起身，只听婉旸一声变了音的惊叫："妈妈——我过了！"至此，婉旸连过四关，进入中央音乐学院已经没有悬念。

回想婉旸的中学五年，有欢乐有惊喜，有纠结有失望，唯独没有犹豫，我们一路前行，我们不停奔跑，只为心中的音乐梦想。

过去的五年，除了赵老师的悉心教授，帮助我们的有家人，

考试前两周，我们得知婉旸被分在铁路二中考场。为此，我两次从家走到铁路二中徒步丈量时间，以确保婉旸考试当天的从容。

有我们和妈妈的同窗好友，甚至还有素昧平生的人。所有这些人，无论从财力、物力还是人力，都在尽自己所能、无偿地帮助我们。正是因为他们，才使我们顺利走到今天，才成就了今天的我们。

及至女儿出国以后，在我们需要时，还有好友将几十万学费一次打给我，没有犹豫，无须借条。我记得中学时抄写的一段话：我不能一次将我的泪流尽，因为我对这世界太多感谢，友情的债，此生永难偿还，我必须驮着它直到永远！

于我们来讲，所有恩情无以回报，唯有继续努力，方能不负相助！

第一篇

专业之路

中央音乐学院，这六个耀眼的大字，这一年，由金色变成了红色。当初，第一次来见赵老师时，那一片挖得很深很宽的地基，已然成了高大威风的综合教学楼，远远看去，其外表，似迎风舞动的琴键，又像静待攀登的阶梯，一如既往地带给你对音乐的无限遐思和向往。只是，内里的一切，神秘依旧。

鲍家街 43 号与醇亲王府

　　醇亲王府，分南府和北府，位于鲍家街 43 号，现中国高等音乐学府——中央音乐学院所在地。

　　这座昔日的醇亲王府大殿红墙金瓦，古朴威雄。大殿前，两座气势不凡、神态各异的汉白玉石狮见证了清王朝由鼎盛至衰亡的进程，其承载的厚重历史皆融入了学院的音乐与文化中。

　　新中国成立后，醇亲王南府部分分给中央音乐学院使用。1989 年，醇亲王南府被列为北京市西城区文物保护单位。

　　桑田沧海，昔日的王爷府邸，平民百姓不得靠近之地，如今，成了培养高级专门音乐人才的高等学府，过去的醇亲王府大殿也成了现如今的中央音乐学院演奏大厅。

　　此时的中央音乐学院于我们已不陌生。最初我们刚到北京跟赵老师学琴时，是在旧琴房楼。琴房楼有严格的进出制度，本校学生练琴凭学生证，校外学生上课则需凭卡，每学期开学

桑田沧海，昔日的王爷府邸，平民百姓不得靠近之地，如今成了培养高级专门音乐人才的高等学府。

办卡，凭卡方能顺利进入。为了让婉旸多听多看多接触各种音乐，大学的演奏会、大师公开课，我们基本不落下，包括演奏大厅里的活动。婉旸上附中后，经常自己去学院图书馆借书、找乐谱，因此，除了新落成的综合楼，我们每周至少一次出入中央音乐学院，有时候，听演奏会来早了，也会各处逛逛，逐渐也就熟悉了学校大部分地方。

婉旸从小听姥姥讲以前家族里的事，对王府有着特殊的亲近感，考入中央音乐学院后，更是把这里当作自己的老家。每次听演奏会，她必会早早到来，并忘不了在礼堂周围四处走走逛逛。

有意思的是，进入大学后，经常听有王府里过去闹鬼的传闻，演奏厅没有活动时，周围同学也多不敢单独进入，婉旸从来不屑，更不怕。一次演奏会，照例来得很早的婉旸看礼堂大门虚掩着，周围也没人检票，便悄悄地溜进演奏厅，坐在大厅最后一排靠近过道的座位上，静静地听着喇叭里播放的音乐。待演奏时间已近，保安打开大门，在昏暗的灯光里恰看到后排长发披肩、一袭黑色长裙的女儿，吓得一声尖叫，婉旸淡定地白他一眼："你叫什么，这是我家！"保安差点吓晕。

合唱课结业，同学们在醇亲王府大殿的演奏厅公开演出《布兰诗歌》，观众爆满，惊呼："不愧是专业的，唱得太棒了！"其实演员大多是学乐器的。

树欲静·风不止

拿到中央音乐学院的录取通知书，我们准备去南方旅游。

计划一出，婉旸拉着我迫不及待地去买票，路上，巧遇住在同一小区的婉旸中学班主任刘老师，刘老师第一句话就问："你专业老师定了吗？大学跟谁学？"我还没理解刘老师的话，婉旸却是一惊："刘老师，难道大学不是开学后统一分配老师吗？"这次轮到刘老师紧张了，这位一直视婉旸为己出的班主任老师惊奇地说："你们真不知道吗？人家都是提前找好老师！都现在了，哪还能有老师有空位啊！"

刘老师对钢琴系了如指掌，他大概给我们讲了大学情况和主要专业老师的特点，最后，或许看到我俩的沮丧和焦急，又说："别急，我再帮你们打听一下。"

两天后，打听清楚所有情况的刘老师告诉我们一个令人兴奋的消息：杜泰航老师今年只有一个学生，也就是说，杜老师这学期有希望再招收一个新生（通常，每个老师每学期只招收两名新生）。"杜老师也是赵老师学生，你们一脉相承，弹奏方法也不会有冲突，去找杜老师吧。"刘老师说，并给了我们杜老师电话。

我和女儿已顾不得出游计划，仔细商量如何给杜老师电话、怎么表达等。中央音乐学院的这些钢琴家都令我们心生敬畏，我们非常担心，万一杜老师不同意接收婉旸怎么办。

犹豫很久，婉旸拨通了杜老师的电话，惊喜的是，杜老师答应先听一下婉旸弹琴。我们欣喜若狂，至少，我们看到希望了。

约好下午两点半上课，由于第一次不熟悉路途，12 点，我们就坐上了去往杜老师家的公交车。

正值京城的雨季，天空昏暗如盖，密布阴云。一路目及之处，在雨的前奏中，匆忙，拥堵。没多久，暴雨倾盆而下，路面迅速积水，视野变得模糊，公交车开始减速……

焦急的我们怕无法准时赶到，第一次就给老师留下不好的印象，只好下车改坐出租车。未曾想，暴雨中出租车更是难找，在雨中拦截近一个小时无果，我们只好又回到公交车站，公交车少且爆满。开过去两辆，我们都挤不上去，我嘱咐婉旸："无论如何我们要挤上下趟车，否则就迟到太久了！"

公交车到站，但是人太多，门已经无法打开，我站在车前，在雨中大声喊："师傅，麻烦您开下车门，我们实在是有急事，求您了！"车门慢慢挤开一条缝隙，在车上好心乘客的帮助下，我先推婉旸，待她抓着扶手站上脚踏板，我也伸手抓住司机旁边的金属把手。

等车的人紧跟着蜂拥而至，在我身后拼命往上拥，耳边一个男声："你把手松开，让我上去！"婉旸在喊："不行，松开手我就掉下去了！"我侧头，在右手边，一个壮硕的男人正在试图掰开婉旸的手，欲从她右手处挤上车，在那只黝黑粗壮的大手衬托下，婉旸紧紧抓着车门的手显得纤细苍白。我来不及多想，只是拼命抓紧扶手挡住女儿，以避免女儿抓不住掉下来，借着身后的推力，我使劲一蹬，站上公交车脚踏板，顺势把婉旸也推了上去……车门在大家的帮助下慢慢地在我身后关上。我暂时松了口气，我们终于能接着赶路了，至少，我们不至于继续晚下去。

我忽然很自豪：女儿的钢琴没白练，有如此大的臂力！一个身壮臂粗的男人竟都没挤过她！婉旸气喘吁吁地说："哼，想挤过我，也不看看本小姐是干什么的。"是啊，中学时，听女儿讲过一件事：学校一个学钢琴的女孩深夜途经过街天桥时，遇歹徒拦截，女孩一甩胳膊，两个耳光愣是把对方打蒙了，站在原地不知所措，女孩趁机跑回学校。这就是弹钢琴的女孩子！

公交车到站，为了赶时间，加上不认识路，我们只好继续等出租车，其实仅两站地，但是时间已经晚了很多。给杜老师发信息告知情况，杜老师没有回复，我们更紧张，怕因此而惹怒了大师，失去仅有的机会！

我们整整迟到了一小时。出租车到了小区还没有停稳，婉旸就推开车门，冲进暴雨中，边跑边回头嘱咐我："妈妈，你别着急，打好伞，别滑倒了……"我慌忙付钱，边开伞，准备去追婉旸，我怕女儿在暴雨中淋湿生病。

　　抬头，婉旸已经在杜老师家门前按门铃了。看着暴雨中浑身湿透的女儿，想着无法预知的结果，心疼、纠结、郁闷交织，我无法抑制地泪如雨下，见婉旸已经进去，我索性放下伞，站在雨中大哭起来——暴雨如注，心绪黯然！泪水合着雨水肆无忌惮地从我身上、脸上倾泻而下。我无论如何也想不到，历经努力，历经艰辛，女儿在终于进入她梦想的音乐殿堂后，我们依然要接受考验。

柳暗花明

　　与杜老师的最后一次课，离新生入学还有一周。目送婉旸进了杜老师家，我就坐在树荫下的长椅上看书，一边等待上课的婉旸，一边心里嘀咕且担心，马上开学了，不知道杜老师能否留下婉旸？一旦他不同意教婉旸，我们该怎么办？

　　手里拿着书，心神不定，在电话里与妹妹聊天时，还不时张望着杜老师家的方向。一小时后，栅栏门被轻轻推开，婉旸细细的身影盈盈走出，远远地，我期待地望着女儿，希望从她举动的细微中捕捉到结果的蛛丝马迹，但是没有。直到快走近时，婉旸才突然冲我做个怪样，伸出手，做了个胜利的手势。我还是不敢相信，直到婉旸一字一句地告诉我："杜老师说，'好吧，来我班里吧，看来，你对我的教学方式还是很适应的。'"终于，我悬了一个多月的心踏实落地了。

　　折腾了一个暑假，虽然我们的出游计划泡汤，但是值得的。

开学典礼就在醇亲王府那间大殿——中央音乐学院礼堂兼演奏厅举行。这一年，中央音乐学院钢琴系本科共招收学生 25 人，其中手风琴专业 5 人，钢琴专业 20 人。

校长王次炤首先祝贺这些音乐领域的佼佼者，他说："我们中央音乐学院，比清华、北大要难考得多！为什么？每年每个省区都有考入清华、考入北大的，而不是每年每个省区都有考入我们中央音乐学院的，所以，你们才是真正的天之骄子！"

按照惯例，开学前有例行两周的军训。送孩子们军训那天，家长的壮观程度丝毫不亚于高考。孩子们列队走在前面，家长们浩浩荡荡跟在队尾。带队老师要求同学们把自己的行李放在大巴车下的行李厢后就上车坐好，这时，有家长拥过去，争相帮自己的孩子。我们只是远远看着，看婉旸站在车旁，安静地等家长放好散开后，最后一个把自己的行李放进车厢，然后扭头向我们挥挥手，反身上了大巴。

目送着婉旸转身上车，我眼前浮现出婉旸第一次离开我去幼儿园时的情景，也是这样挥着小手。时间过得真快啊！倏忽间，彼时那个怯生生的丑小鸭，此时已经长成为一个温婉从容的大姑娘了。

8 月底，北京秋老虎肆虐，其实我还是很担心婉旸参加军训的，看网上每天都有报道，几乎各个学校都有晕倒被抬出队列的学生。我根本不敢想象婉旸军训的情况，有时候，实在不放心时，就给婉旸发个短信，一旦她没有及时回复，我便如坐针毡，一整天都忐忑不安。

还听说不少家长租住在军训驻地附近，怕孩子吃不好，给孩子做饭偷偷送去……我再担心，也不会这么做，这么一点苦都吃不了，孩子将来怎能融入社会、走向世界！

两周后军训结束，我甚至没有去学校接婉旸，当然，我也没闲着，我起大早去早市，手忙脚乱一上午，做了一桌女儿最爱吃的饭菜。临近中午，婉旸唱着军歌回到家，开门一瞬间，我看到我的女儿黑了、瘦了，但是明显结实了，我的心里很是欣喜。

婉旸一进门，一张小嘴就不停地给我讲军训的事情，谁晕倒了，谁为了不吃苦讨好教官……同时，我也了解到，学校其实很宠这些孩子的，中央音乐学院的学生不练射击，因为要保护他们的手指，大部分的训练也基本是在太阳落山后。学校每天还给他们专车送水果。"最喜欢的是夜间紧急集合。"婉旸说，她们宿舍的同学常常和衣而卧到深夜，竖着耳朵听着、盼着集合的哨音，为的是第一时间跑出宿舍，受到教官表扬。

其实很多时候，大人的担心是多余的，孩子们有自己的生活和乐趣，也有很强的独立生活和自我保护能力。婉旸说她每天早饭一个鸡蛋、一个馒头、一碗粥和一碟咸菜，我笑问她好吃吧，"顾不上好不好吃了，不这么吃不行呀妈妈，一上午顶不下来！"婉旸嘻嘻哈哈。

王次炤校长说："我们中央音乐学院比清华、北大难考得多，为什么？每年，每个省区，都有考入清华、考入北大的，而不是每年每个省区都有考入中央音乐学院的，所以，你们才是真正的天之骄子！"

军训最后一天，校领导去接他们，非常隆重，钢琴系的正副两个系主任吴迎和潘淳教授都去了，还带去一大箱进口零食，"饿"了两周的孩子们一拥而上。婉旸说她抢了三包，但看到有同学没抢上，便把自己的又分给了大家。

　　婉旸还说，第一天她差点晕倒。那天暴晒，在骄阳下听教官训话时，她突觉眼前发黑，耳朵嗡嗡作响，教官的声音逐渐远去，随即站立不稳，身体开始晃动，后面的同学看到了，用一只手推着她以防摔倒。"幸亏同学，我挺住了，我不能给我们钢琴系丢脸。"婉旸认真地说。这就是我的女儿，在家里，她会跟我撒娇耍赖偷懒，但在外面，她不会轻易服输，她会顾全大局。

做志愿者

　　随着开学，中央音乐学院七十年校庆进入准备阶段。刚刚进入大学的婉旸对大学生活倍感新奇，一反往日凡事与我商量的常态，先斩后奏报名做了学院七十年校庆的志愿者。然后，她就每天掰着手指数日子，盼着这一天的到来。

　　钢琴演奏家是个很独立的职业，因为最多的是独奏。在众多的乐器中，钢琴以其庞大的外形、丰富的音色、宽广的音域更是显得与众不同、难以驾驭，因此，演奏家大部分时间都要把自己封闭起来潜心练琴。正因此，我也鼓励婉旸不放过任何一次接触社会、服务社会、亲近老师同学的机会。

　　校庆期间，婉旸的工作主要是接待来自世界各地的校友，为他们介绍学院情况。"我们的校庆，简直就是全球音乐名人的大聚会啊！妈妈，一整天，我不想见到名人都难！"傍晚，穿着校庆志愿者统一服装的婉旸兴致勃勃地回到家，兴奋且自豪。她的鹅黄色卫衣上面，"中央音乐学院"六个大字显得格外惹眼。

一直好奇，有些人、有些事似乎总有着千丝万缕的联系。记得很多年以前，妈妈给我讲过一件事，20世纪50年代她在北京医学院读书时，曾在北医三院实习。一天，住院部送来一批孩子，都是当时中央音乐学院附中附小学生，附近的化工厂着火，孩子们去救火导致受伤。医院派专人照顾，悉心护理这些音乐学子，还精心制作了各种形状的小点心，只因为他们是学音乐的。妈妈说，那时候就很羡慕这些会弹琴拉琴的小孩。而今，我恰是在婉旸拿回来的校庆专辑里，看到了关于这段历史的记录。

婉旸的第一学期在忙碌的社会活动中高调结束，终于盼来了做招生志愿者的机会。

大学期间，婉旸连续做了三年招生志愿者，第四年因出国面试没有参加。最重要的起因，缘于她参加高考的经历。

当年婉旸参加大学考试复试时，通知要求12点15分到学校抽签，后来婉旸告诉我，抽签后，手机即被没收（为防止学生抽签后将顺序号告诉自己老师）。考试是拉幕进行，考生在幕后，考官在幕前，考官和考生彼此不相见。考生按照考场外的学生志愿者叫号上台，临幕弄琴，考官则坐于台下，对幕听音……据说，这是为防舞弊的最新最佳举措。我们从未接触过参加过大学考试的学生，自然也无从了解这些情况，婉旸在里面惦记着焦急万分等她吃饭的爸爸妈妈，爸爸妈妈在外面担心饿着肚子迟迟不见踪影的女儿，询问志愿者同学，却有问无答，直到抽了一号的婉旸黯然走出考场。

婉旸后来跟我形容考场："妈妈，那条通向考场的走廊，实在是太长太长了，我走向演奏厅时，脑子一片空白，心跳得喘不上气，我感觉走了一个世纪都不止，简直就像赴刑场！"是啊！何止女儿，就连我这个历经风雨的成年人，想起女儿要独自面对那么多严厉且挑剔的大演奏家时，那种对未来的不可预知和无法掌控，都让我紧张得不能自己。

同时，志愿者同学不耐烦的态度更加剧了她的紧张不安，因此，考试结束后，婉旸就跟我说："妈妈，如果真能考入钢琴系，我一定要做考学志愿者。"婉旸说，她要让参加考试的考生不再像她当年一样，没有时间吃饭，没有地方练琴。"我要把考试安排得合理轻松，我要让所有考生感受到钢琴系和我的温暖，也许这样他们就不那么紧张了。"

四天的志愿者经历，女儿忙碌且开心，与系里老师们近距离的接触，又使婉旸与钢琴系老师迅速熟悉起来。婉旸告诉我，钢琴系的老师根本不像传说中那么吓人，他们平易近人、幽默风趣，午餐时，某老师只吃吉野家的双拼，某老师吃了四天庆丰包子。"哈哈，他们能不能高级点？"婉旸调侃，"但是，他们真的都很厉害！"是啊！中央音乐学院钢琴系的教师，他们来自世界各大顶级音乐学院，个个身怀绝技、身手不凡！

做志愿者的学生有三项任务，叫号、录像、引导，三项工作三人分工，职责分明。婉旸毛遂自荐，做了安排考生并把他们带到指定琴房练琴的引导工作。婉旸凭着她阳光外向的性格，耐心地把每个考生带到琴房，安排调整好每个人的练琴时间，并细心嘱咐他们考试注意事项，她谦虚热情的态度和条理清楚的工作深得老师与考生喜爱，系办老师说："看着婉旸不紧不慢的，却把每一件事情安排得井井有条。"也正因为此，这一年招生考试还没有结束，系办老师就力邀她做第二年的志愿者。

通过做志愿者，婉旸结交了很多考生朋友。及至三年级再做志愿者时，经常有考生对她说："姐姐，我一看到你就不紧张了。"

婉旸给我讲了一些考试趣闻，现在听来，原来那令人紧张甚至惊恐的考试竟是乐趣多多。志愿者工作之一：叫号。其工作就是叫号，考生衔接时，他要大声叫出下一个考生抽到的号码，一方面让下一位正在练琴的考生及时候考，另一方面让演奏厅考场里的考官听到以准确打分。考一半时，负责叫号的男生想上厕所，随让婉旸替代，婉旸想也没想就亮开嗓门，声音刚落，演奏厅里一片哗然，老师们笑倒一片，原来是看不到外面状况的考官们以为那男生淘气，捏着鼻子学女孩叫号。

婉旸说，其实考场里面的气氛融洽和谐，老师们说说笑笑，动辄拿考生的毛病开涮，而外面的考生却手脚冰凉，紧张得两

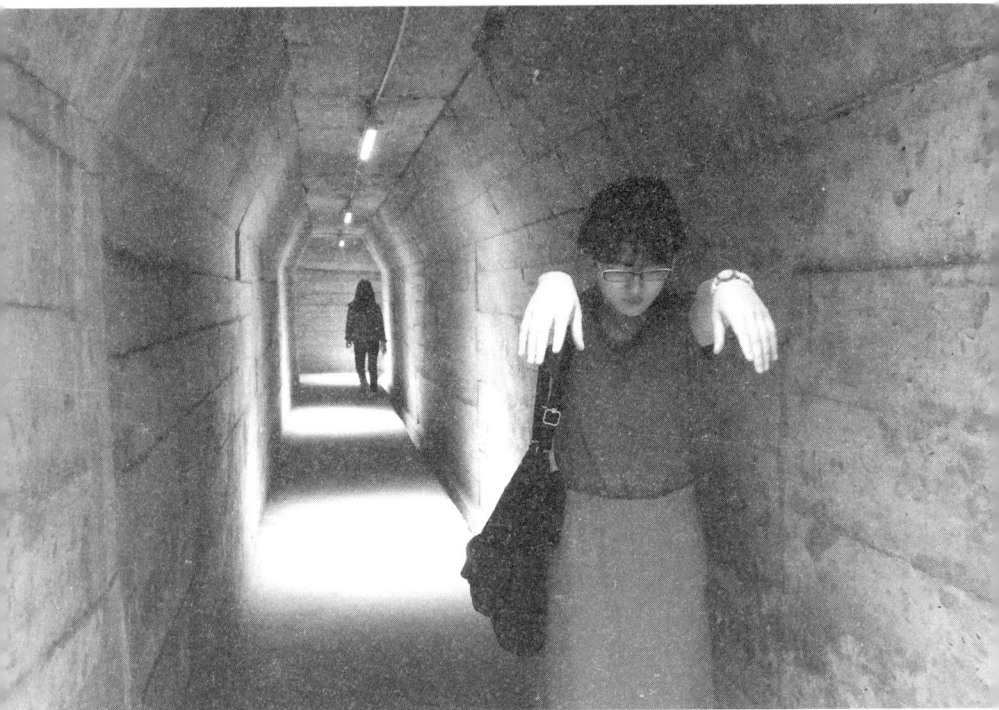

"妈妈，那条通向考场的走廊，实在是太长太长了，我走向演奏厅时，脑子一片空白，心跳的喘不上气，我感觉走了一个世纪都不止，简直就像赴刑场！"

眼发直，小腿转筋。还有一个考生上台后，对着台上紫红色的幕布毕恭毕敬就来了个九十度大鞠躬，其虔诚之态仿佛朝圣……

其实，我很同情这些孩子，这些孩子得有多强大的内心啊！他们从小习琴练琴，上课时被老师纠错改错，再练再改，用婉旸的话说，就是被老师"虐"。孩子们在被"虐"中不断进步，内心随被"虐"而日趋强大，琴技随被"虐"而日渐臻熟，心中的音乐梦想随被"虐"而更加坚定。

婉旸还说，考试中间老师休息时，她的主科杜老师也在，另一位老师问他春节是否带着女儿出去玩。老师说，我带着儿子出去了，女儿在这呢，他指指婉旸。杜老师很喜欢婉旸，有时课后会带她出去吃饭，班里有事也总会跟婉旸商量，征求她的意见。

与此同时，婉旸的其他专业课也上得有声有色，古钢琴的沈凡秀老师与婉旸形同母女，室内乐的李乐老师更与婉旸形同姐妹，她们都给了她很多机会，很多鼓励，让我们一直心存感激！

走进国家大剧院

10 月的北京恰如老舍先生笔下："天气正好不冷不热，昼夜的长短也划分得平均。没有冬季从蒙古吹来的黄风，也没有伏天里挟着冰雹的暴雨。天是那么高，那么蓝，那么亮，好像是含着笑告诉北平的人们：在这些天里，大自然是不会给你们什么威胁与损害的……"

我与婉旸第一次在上午 9 点来到国家大剧院。阳光正好，云淡风轻，早高峰不见了踪影，逛广场的人也没有大批到来，一切尽在清净惬意中。我们沿着大剧院前的水池，在片片黄叶的飞舞中，缓缓走，轻轻聊。婉旸的内心在纠结与期待中挣扎，而我却是踏实的。

10 点，婉旸要与著名的德国纽伦堡交响乐团排练，且仅仅只有一次，第二天就正式演出。可想婉旸的焦虑与担心！从我对她的了解，我却不以为然，也或许因为我的无知，我并不了解德国纽伦堡交响乐团。

婉旸说："妈妈，那可是世界最著名的交响乐团之一啊！""那又怎样，或许越是有名，越是谦虚越好合作呢。你又不是没见过，越是博学资深的人，越是谦虚；越是无知的人，才越狂妄，越不好接触！"我用如此贫俗的语言安慰她，一时找不出更合适的，"很多事情不都是这样，担心半天，等你真正开始做时，就会发现：原来不过如此！"我继续说……很快到了时间，婉旸匆匆进入大剧院。

三天前，学校通知婉旸，让她参加国家大剧院举办的"国际打击乐音乐节"闭幕式。

原来，音乐节闭幕式上，急需一人演奏古钢琴，系里老师推荐了婉旸，得知此消息时，离演出只有三天，时间紧、任务重，对于仅上过一节课、只弹过一次十几分钟古钢琴的婉旸来讲，这是一次巨大的考验。

国家大剧院用阵容强大、高水平的演出来落幕这届打击乐音乐节。闭幕式由英国打击乐女王 Evelyn Glennie 与世界顶级乐队德国纽伦堡交响乐团做压轴演出。

婉旸既兴奋又紧张，她既期待能与著名的德国纽伦堡交响乐团同台，又担心自己在这么短时间练不下来或与乐队协调不好。

Evelyn Glennie 是世界首位失聪全职打击乐独奏家，其惊人的演出令她蜚声国际，并三次荣获格莱美奖项。

在 1993 年格莱美颁奖典礼上，纽伦堡交响乐团因录制电

国家大剧院前，阳光正好，云淡风轻，早高峰不见了踪影，逛广场的人也没有大批到来，一切尽在清净惬意中。

视剧《美女与野兽》配乐，而荣膺格莱美最佳流行器乐演奏奖，乐团也因此而轰动一时，受到国际媒体大量报道。在此之前，纽伦堡交响乐团与好莱坞大片有超过四十年的合作，20世纪50年代初，乐团就曾多次录制过诸多的美国电影原声音乐，且每个音乐季都会演奏超过上百场音乐会。

能与如此杰出的演奏家和高水平的乐团同台，对于婉旸是极具诱惑力的。当然了，或许正是由于他们的高水平，在演出前才仅仅需要一次排练。但是，对于婉旸这个学生来讲，却是较大的考验。

演出当晚，我陪婉旸一起来到国家大剧院。这座位于北京市中心人民大会堂西侧的耀眼建筑，是由法国建筑师保罗·安德鲁主持设计。

傍晚的大剧院，其钛金属结构的椭圆外形宛如一颗璀璨的珍珠，随着灯光的不断变换，由红到紫到蓝……再到呈现银色，在长安街上，如"天外来客"降落水中，神奇耀眼。

已记不清是第几次来到这里，但是，女儿作为演奏者还是第一次。中学时，婉旸在这里参加过演出，但不是在主舞台。

时间还早，我们站在大剧院门口，我犹豫着是否进去，一边与票贩子周旋讲价。眼看着离演出时间越来越近，最低票价已讲到400元，看透我心思的婉旸说："妈妈，别纠结了，以后这样的机会会很多。再说我知道你是想进去拍照，人家根本不允许，排练时就说了，你也别做那没素质的事了。"一番话，立即打消了我想进去的念头。

　　站在大剧院门口的台阶上，高高在上的我看着观看演出的观众排队通过安检，走进通向演奏厅的长廊，看婉旸出示演出证后，被特许进入。目送婉旸消失在长廊尽头，我回身走出大门，漫无目的地在大剧院周边溜达。我心里非常后悔，我们怎么就这么老实啊！当初主办方给婉旸办国家大剧院特别出入证时，怎么就没想着跟他们争取一下，给我也办一张呢！

　　时值深秋，夜晚的天气已有些许凉意，周围的树上不时飘下几片落叶，凉风吹过，在我眼前欢快地飘落下来。我系紧围巾，沿着大剧院外围，边走边看边侧耳听。我想透过外墙，捕捉到一丝婉旸演出的痕迹，哪怕是一丁点声音，可是没有。

　　直到9点多，估摸着婉旸即将结束演出时，我才返回到大剧院，刚刚站上台阶，远远就看到身穿黑色演出长裙、外套橘色毛衣开衫、肩挎彩条大包的婉旸，正沿着大剧院长长的进出走廊，脚步轻盈地大步向我走来，看她兴奋的样子，我知道演出一定是成功的。

　　那晚，我们没有坐车，我和女儿沿着长安街边走边聊，这是我们少有的闲逸。以往，每次活动之后，我们都是匆忙赶回家，做饭吃饭练琴。婉旸与我聊她们演出的情况，通过这场演出，婉旸更加自信，从最初的犹豫、时间短怕弹不好到演出成功，其中的喜悦是局外人无法感知的。女儿说："妈妈，真的很感谢你！每次在我犹豫纠结时，都是你的鼓励让我成功！"

婉旸这才详细地给我讲了昨天的排练情况，她说纽伦堡乐团的演奏家们都非常和气，她拿到乐谱时，有些无所适从，因为钢琴是看总谱，哪个乐器的内容，什么时候该自己弹，一目了然，而古钢琴给她的只是她自己那部分，再加上对拉威尔这个曲子不太熟，所以一时配合不顺利。见此情景，乐队大提琴首席耐心地给她讲解，并告诉她，只需看他的琴弓即可，让婉旸根据他琴弓的走向来确定自己的演奏，仅这一点小小却关键的点拨就让婉旸豁然开朗。乐队有老师还问她多大，是中国人还是韩国人。

从没有在这样一个深秋的夜晚，我和女儿沿着长安街行走。此刻的长安街完全没有了白日的喧嚣，灯火却依旧阑珊，偶有快速驶过的轿车划破这少有的宁静。

路过西单时的喧闹才把我们拉回到京城，在女儿的要求下，我破例给她买了杯热巧克力奶茶，这是女儿最喜欢的。一边喝一边走，婉旸说："妈妈，我下一个努力目标就是考取美国最好的音乐学院。中央音乐学院只是我梦想的起点，你得让我出去见见世面。妈妈，这回你可不能再拖我后腿！"婉旸之所以这么说，是她高中毕业准备读大学时，就曾经很坚决地想出国，但被我制止了，最主要的原因当然是她当时年龄小，我舍不得且不放心。还有一个重要因素，是我希望她在国内把基础打扎实，起码通过这四年，她应该认识并了解国内的钢琴家，并受教于他们。

备考美国

申请美国音乐学院的考试，截止时间一般是 12 月 1 日，当然也有春季招生，是作为插班生入学。音乐学院尤其是钢琴专业，正规学校是需要面试的，通常时间在第二年的 2 月到 3 月。

10 月中旬，婉旸已顺利通过本校研究生的专业考试，但这并未影响婉旸走出国门、走向世界的决心。11 月，婉旸开始着手做出国准备，主要做三件事：专业、英语、选择学校。

但是，婉旸告诉杜老师后，杜老师并不希望她出国。当然了，杜老师还是负责的，他给了婉旸一些有效建议，比如建议婉旸先去美国看看，了解一下美国，看看是否适应美国的生活、是否喜欢美国的老师等，然后再做决定。

婉旸与我性格相似，认定的事一定会想方设法去做，或许是由于自小的耳濡目染吧。我认为越是过多考虑、三思而行，就越是惧怕，不敢前行，倒不如先走下去，遇到困难再想办法。

其实对我来讲，并不十分赞成婉旸去美国，因为我不了解那个国家，但是无奈，面对坚定的女儿，我只好再助她一把力。因此，我们没有采纳杜老师的建议，一意孤行地不听不看只管去做了。

恰好这时德国钢琴大师贝斯勒教授来北京。在大师课上，他听到婉旸弹琴后，"一下喜欢上了这个阳光灵秀的小姑娘！"这样，婉旸又开始跟贝斯勒大师学习，直到面试。

考虑到婉旸的英语几乎一直是自己在家念，没有系统学过，5月，我通过中介给婉旸找了英语老师，帮助她攻克托福。5月底开始上课，每周补习两次。10月，婉旸第二次参加托福考试后，顺利达到音乐学院分数线。

英语老师很奇怪，说国内学生大多阅读和写作较好，而婉旸则不然，她的强项是听和说，补习时几乎没有费劲，只是词汇量太少，背单词就花了大量时间。我想，英语听和说的优势一定与她从小学琴、练琴、左右脑的充分开发有关。

众所周知，我们的左脑担任了数字、分析、逻辑推理的职责，右脑则承载着语言、音乐、绘画、空间几何、想象、综合等功能。大部分人习惯使用右手，只是左脑比较发达，而弹钢琴的孩子要同时使用左右手，因此左右脑都发达，美国科学家劳伦斯说过："只有当大脑的两个半球互为辅助时，这个人才最有创造力。"

婉旸的语言能力很强，自小就有超强的模仿能力，小时候最喜欢看电影《狮子王》，她能惟妙惟肖地模仿其中的所有表演和唱段。及至后来面试我们到了纽约后，曾有人以为她在美国长大，不仅是因为她的基本对话没有问题，还由于她的发音很纯正。

在婉旸小时候，我不主张给她报太多的课外辅导班，因此，婉旸也没怎么上过英语班。从小学一年级开始，每天放学回家，趁她吃东西时，我就打开电视，给边吃边玩的婉旸放英文动画片。每周六日起床前，再让她听半小时英语录音，这样一直坚持着，从普校到附中上专业学校，婉旸的英语成绩均在班里名列前茅。

婉旸小学四年级时，有个一起学钢琴的小姐姐在外面补习英语，婉旸觉着好奇，想跟她一起去，我便给她报了名，记得这个英语班叫"SBS（Step by Step）英语班"。每周日上午，我都准时送婉旸去上英语课，从9点到11点半，下课接她回家。我从没有问过她英语学习的情况，本来就是让她去跟小姐姐做伴的，况且，我历来觉着学习英语要比弹钢琴容易得多。直到三个月后的一天，婉旸回来告诉我，第二天英语班期末考试。

次日，我提早送婉旸来到英语班，一进大门，迎面遇到她的班主任，她看看我，问我："你是她妈妈？"紧接着说，"就你女儿这水平，就不要考试了，考了她也不及格。"我吃惊，之前没有任何老师跟我说过这个情况啊！我更气愤，我交钱，我孩子学习，一学期过去，难道就换来这么一句话吗？

我低头看婉旸，一脸无辜的女儿正仰着小脸，极其紧张地看着我。正欲发作的我努力抑制着愤怒，极力平静下来，我怕老师再说什么过分的话打击婉旸的自信心，我从不认为女儿是笨孩子。

"哦，是吗？"我看老师一眼，没有表情，尽量表现得平静，然后拉上婉旸小手，"好吧，婉旸，那我们就不考试了，走，我们回家。"

路上，我跟婉旸说："这个英语班对你来讲确实有点难，但是如果好好念，凭你的脑子是没有问题的。妈妈相信你，将来一定会超过班里所有同学，所以，我们回家后还得坚持念英语。"

婉旸一边补习英语、练琴，一边抽空在网上开始查询学校。我对她的要求是：一定要选有大师的学校。自从回到北京后，我们跟的都是顶级钢琴大师学琴，出国的目的不仅要拓宽眼界，还要在专业上有更大的进步，因此，一定要选有好老师的学校。

我认为的好老师，不是指仅会弹琴的钢琴家、演奏家，而是指不仅弹得好，还得教得好，一定要找一个像赵老师那样德艺双馨的好老师。他能够根据不同学生的特点因人施教，不为名利，不为金钱。我不知道美国是否有这样的老师，但我期待

恰好这时德国钢琴大师贝斯勒教授来北京。在大师课上,他听到婉旸弹琴后,一下喜欢上了这个灵秀的小姑娘。这样,婉旸开始跟贝斯勒大师学习,直到面试。

着。而且，没有必要为了出国而出国，所以不必全面撒网，否则，不仅遇不到好老师，而且面试时太累，花销还大。

婉旸选择学校的原则是：不选中国学生扎堆儿的学校。出国就是为了开阔眼界，只有多种族、多文化的广泛接触、融合，才能打开视野，才能将作品的理解与诠释推向新的高度。

选择学校是个非常艰苦的过程，有时还会出现上不去美国学校网站的情况，再加上当时英文水平的限制，颇费时间精力。有时候，还不能仅凭在国内了解的情况，比如某著名音乐学院的某大师，很多学生是慕名而去跟他学琴，再加上他能帮助学生申请到奖学金。但是实际情况是，由于他的学生太多，老人家根本无暇顾及全部，因此大部分学生上课也不过是走马观花、蜻蜓点水，经他重点培养的不过就那么一两个学生。

其实，当时婉旸的第一愿望是耶鲁大学音乐学院。还在大学时，婉旸就被学校推荐，接待前来讲学的耶鲁大学音乐学院钢琴系主任贝尔曼教授，并做现场翻译。当时婉旸出色的表现很受贝尔曼教授赞许。

但是，婉旸的这一想法几乎被得知情况的所有老师制止。原因是她学演奏专业，一定要去专业的音乐院校，否则，语言不通，全部时间恐怕都要用来应付文化课。因为一般美国的综合类学校文化课压力很大，兼顾练琴与文化课将会非常辛苦，甚至之前有学生因此而放弃。

经过再三筛选，婉旸选择了四所学校：约翰·霍普金斯大学皮博迪（Peabody）音乐学院、克里夫兰（Cleveland）音乐学院、曼内斯（Mennes）音乐学院和曼哈顿（Manhattan）音乐学院。

接着是通过学校网站报名、上传个人演奏录音。这一项也不轻松，当时我家网速比较慢，往往有时要传一夜。

在选择学校的同时，正巧美国音乐学院联盟（四所学校）在中国有一个集体面试，我给婉旸报名，让她见识一下面试场面。

婉旸的面试时间被安排在下午，地点在中国音乐学院的一个小演奏厅。一进楼门，对面是演奏厅，右手边是等待休息室，左边大厅里面有一架三角钢琴供考生练习用。我们进去时，不知谁在练贝多芬《热情》奏鸣曲。

我直接进了休息室，搜罗了几份学校介绍，扭头一看，不见了婉旸踪影，四处张望时，隐约听到贝多芬奏鸣曲《黎明》第三乐章的旋律，这分明是婉旸弹奏的。赵老师仔细给她讲过这首曲子，经他老人家的雕琢后，婉旸处理起来细腻丰富，很容易分辨出来。

这首处处洋溢着朝气蓬勃气息的奏鸣曲，描绘了从曙光曦微，金色的阳光穿透薄雾，到万物复苏，农夫开始劳作的壮丽晨景，通过令人震撼的音响与日出壮阔场面的描绘，表达了对大自然的歌颂与赞美，也是我最喜爱的钢琴曲之一。婉旸学习这首奏鸣曲，从开始的赵老师说不太像贝多芬到所有大师对她的称赞，这时她已经把握得非常到位。

婉旸大学时，被学校推荐，接待前来讲学的耶鲁大学音乐学院钢琴系主任贝尔曼教授，并做现场翻译。

循着声音找出去，我发现，不知什么时候，婉旸已经坐在左边大厅的三角琴前，旁若无人。一曲弹罢，看着满脸疑惑的我，婉旸嬉皮笑脸："嘿嘿，妈妈，我让那哥们儿歇会儿，让我弹弹。"从小婉旸都是这样，只要有钢琴，就不会旁观。

为了不影响婉旸练琴，我出去到演奏厅门外听里面的考试，每个考生大概十几分钟的演奏时间，这些来自于国内各大音乐院校的考生进进出出，进去的紧张，出来的沮丧，少有开心的笑脸。

一小时后，婉旸进去，她的考试时间稍长，大约四十多分钟，令我惊奇的是，当她考完出来时，一位和蔼的高个子美国老人为她打开门，亲自送她出来，我调侃："大师呀，你怎么这么特殊？"婉旸笑："我也不知道，反正那个老爷爷好像很喜欢我，问了我一些问题，还给了我他的名片，他让我考奥伯林的艺术家文凭，还说如果我到了美国就联系他，他会尽全力帮助我。"

我不由得感慨，人与人之间的缘分有时真是如同音乐一般没有国界，不分年龄，不论大小。虽然之后婉旸没有选择奥伯林音乐学院，但是老人家对婉旸的情有独钟、对婉旸的特殊关照，让我们一直心存美好与感恩，婉旸说："如果将来有机会，我一定要去奥伯林看望他。"

签证

12 月下旬，我们陆续收到学校的面试通知，接下来就是准备签证材料。最重要的是学校发过来的面试邀请函，其他材料包括父母收入证明、存款证明、工作证明等，反正提到的、想到的，我们统统搜罗起来，以保证顺利通过。

婉旸的签证比较容易，她自己在网上预约到 1 月 26 日面签。比较麻烦的是我的签证，我没有邀请函，我们完全不知道这种情况该怎么办。想给美国大使馆电话咨询，又怕本来没事，问的问题不对，再被记录成案底；还听说我和女儿不能一起签，否则的话，万一我签不过，影响女儿……

这时我才发现，这些年除了陪着女儿学琴练琴，我几乎什么都不知道，当时的美国对于我就是黑暗的旧社会，到处火拼，到处枪击，到处是黑人抢劫犯罪，如果不是女儿执意要去，我是坚决不同意她去这么混乱的国家的。我自己也从未想过去美

贝多芬奏鸣曲《黎明》第三乐章，通过令人震撼的音响与日出的壮阔场面描绘，表达了对大自然的歌颂与赞美。

国。所以，女儿去美国，我是一万个不放心！有朋友说，签证不过，干脆就放手让女儿自己去，我当然不肯，与其我在国内煎熬担心，不如跟着女儿一起面对，作为妈妈，我要在关键时刻保护女儿，就是刀枪火海，我要陪着女儿一起面对。那么，我的签证怎样办？怎样才能顺利通过呢？

我先想到一个朋友介绍的艺术留学中介，打电话说明情况后，他们说希望不大，您这2月18号出发，现在都1月二十几号了，哪来得及啊！况且集体约签都已经排到2月中旬。同时，他们要八千元加急费，这也太黑了吧！思来想去，我电话咨询了中国国旅，依然被告知时间紧迫，但对方态度极好，听了我的情况，好心建议我直接去位于王府井的总部试试，因为总部那里是直接递送材料，省去了中间传递环节。

第二天一大早，我来到国旅总部，接待我的是个漂亮女孩，非常热情，我一边填写申请表，一边说我的情况。看过我的申请表，这个女孩用很好听的声音跟我说："姐姐，我劝你要不自己约吧，因为看你的情况，一个人又这么年轻，基本没有可能通过，何必还要再多花这两千多元呢！"

看着女孩子真诚的眼神，我只好作罢，心里既失望又着急。但是，我并不甘心！

从国旅总部出来已是中午11点半，我一边往公交车站赶，一边给婉旸打电话，怕影响婉旸的情绪，我尽量用开心的语气："国旅这边说，妈妈还是有希望的，她说咱们自己约就行，还能省两千块钱，你现在就帮妈妈在网上约，好吗？"

婉旸欣然迅速行动。

一小时后，我回到家，婉旸正在网上给我裁剪照片，美国签证要求照片尺寸是50mmx50mm。她抱怨我在小区门口拍的照片既难看尺寸又不对，害得她裁照片费了好大劲。"妈妈，你看看你，为了省十块钱把自己拍得那么难看。"

在网上填写信息时，我们惊喜地发现，1月的签证预约竟还有空位，而且就是第二天，即1月26日，这样，我和婉旸就能约在同一天同一时间，岂不更省事！点开一看，与婉旸时间相同的早8点一刻，还有最后一个位置。之前我稀里糊涂什么都不明白，到处咨询，费了很大精力、很多时间都没有结果，没想到这一下就约上了。真是"老天偏爱笨小孩啊"！

第二天清早，我和婉旸准时来到美国使馆签证处，门外已经排了长长的队伍，我们提着满满一大包签证资料。寒风中，我依然茫然、依然担心，想着之前中介和旅行社说的话，我对自己根本没有信心，婉旸却坚定异常："妈妈，别纠结，实在不行我就自己去，我都这么大了，你还有什么不放心！"其实我知道，她也担心、也紧张，但是却装作很轻松的样子在安慰我。我突然发现，我脑子里那个小小的丑小鸭已然长大了。

很快叫到我们，进入签证大厅排队等待时，我和婉旸小声嘀咕，是我俩一起签还是分开签，正说着，前面的工作人员说："一家的站到一起来，最好一起签。"原来是可以一起签的。

等待的过程中，前面的一对小夫妻，一个通过了，一个没通过，不知什么原因，或许美国人就是这么任性，也挺可恶，两个字就生生把人家分开了。另一个窗口，连续两个学生没有通过……

刚刚松口气的我又紧张起来。轮到婉旸，只见她快步走到窗口，把面试邀请函双手递给签证官，签证官是个黑人，很和气，微笑着问："学什么？""钢琴。"婉旸用英语回答。签证官立刻瞪大眼睛："啊哈，你是去新英格兰吗？""不是，我去巴尔的摩，约翰·霍普金斯大学皮博迪音乐学院。"签证官竖起大拇指："很棒的学校哦。你过了！"

太意外了，我在心里暗喜：我们遇到一个热爱音乐的签证官！

轮到我了，我尽量保持镇定，微笑着走到窗口，他问了我三个问题：做什么工作？去美国做什么？你的女儿是学什么的？到第三个问题时，我赶紧回头冲婉旸点了下头，婉旸会意地迅速跑过来说："她是我妈妈。"签证官笑了："哦，过了！"

我们准备了两天的一大包签证材料，他竟然一眼没看！我和婉旸相视微微一笑，有些吃惊：竟这么容易？！我俩手拉着手，抑制不住发自内心的喜悦，走过长长的等待签证的队伍，旁人羡慕探问的目光始终追随着我们。及至走出了很远，我俩才敢喜形于色，婉旸大喊："哈哈，妈妈，太不可思议了吧，竟然这么顺利？简直有一种不真实的感觉。"

皮博迪音乐学院隶属于约翰·霍普金斯大学，其图书馆在世界上非常知名。

是啊，我们很幸运！我发现，我们的专业之路越走越轻松，越走越顺利，每一个关键时刻，我们都会有贵人相助！或许是因为我们的努力感动了上苍。而我还是愿意相信我的女儿所学的专业——音乐，是人类文明的灵魂。这是一个众多人热爱的专业，这是一个没有国界、不分贫贱的专业，它不需相同语言，不需相同文化，只需热爱。

面试进行时

　　对于我来讲，大洋彼岸的那个国家几乎一无所知，除了陌生还是陌生，我不了解它的文化，不了解它的历史，更不了解它的风土人情。我是理科生，地理历史学得不好，也从来不感兴趣。我甚至不喜欢且懒得看地图，搞不清方向、找不到地方时，就会去不厌其烦地问周围人。

　　我们临行之前，忙于许多杂事，也没有做更多功课，因而此行除了紧张茫然，还有心里隐隐的担心和害怕。我是个不太喜欢动脑子的人，许多事情都是逼到没有退路时，只好什么也不想，硬着头皮去做了。

　　那么语言呢，中学的那点英语多年不用，早已经还给老师，或许只有靠女儿吧，一直作为女儿坚强后盾的我第一次感到自己的无奈与无能。虽然我知道，这时候再临阵磨枪，作用不会太大，但我还是捡起了英语书。

大概出发之前一周的时间，婉旸都在研究美国的交通和住宿。她根据学校提供的信息选择并预订酒店，我让她尽量选择离学校最近的，我还是担心安全问题。同时与学校联系，确定面试时间，由于时差，许多事情我们都必须半夜去做，因此，出国的前一周，我和婉旸基本都是半夜两三点睡觉。其实所有事情都是婉旸自己在做，只是在她拿不定主意时，我会与她一起商量，帮她选择，替她做主。

正在准备时，我们收到皮博迪（Peabody）音乐学院发来的邮件，称美国东部遭遇暴风雪袭击，巴尔的摩也未能幸免，但是，学校以不容置疑的口吻说，面试时间是不会更改的，请考生们做好保暖防滑，安排好时间，不要迟到。

看到通知，婉旸试探地问我："要不，妈妈，我们就不去巴尔的摩了？"我想了想，皮博迪的面试通知是最先到来的，而且皮博迪给我留下的印象也最好，理应去看看，"如果交通不出现大问题，既然都选择了这个学校，我们还是去考考看。"我跟婉旸说。

我和女儿都准备了长过膝盖的羽绒服，怕冷的我还带了一大包保暖贴。婉旸是个很守规矩也很有个性的孩子，既已决定起程，就要万无一失。她在网上仔细搜索禁止携带的物品，怕有任何闪失而无法入境美国，甚至在临上飞机前，坚决制止我把装在食品盒里已经切好、准备在飞机上吃的水果带上登机。

在预定美国国内的航班时，我们的电脑一直无法登陆，十分无奈下，极不愿求人的我只好求助美国的好友，依然是考虑安全问题，我把行程和要求告诉了他，一定要在白天，最好是下午 4 点之前抵达目的地，因为我怕天黑。好友非常尽责，很快帮我订好了美国境内的两趟飞机。

婉旸自己预定好我们所到之处的所有酒店，以及纽约到巴尔的摩的火车。我没有过多干涉她，甚至不知道她订的什么酒店。在学校时，几乎所有老师都会让婉旸帮助做些事情，原因是她认真、头脑清楚，往往能把老师交代的事情安排得有条不紊。

我们尽量把东西压缩到最少，商量只带一个大箱子，因而忽略了好友的提醒，就是在美国境内托运行李是要花钱的，一件行李 50 美金。当时，事情很多，我甚至没有仔细换算 50 美金折合多少人民币，以至于后来在美国的每一次托运都令我心疼无比。

初到纽约

2月18日一大早，追随着女儿的梦想，我们出发了。

我和婉旸乘坐地铁二号线换地铁机场线到达首都机场三号航站楼，进入候机大厅，就在我们坐下的一瞬间，我发现，装满我们此行所有用品的箱子拉杆在一路颠簸的过程中已经掉落了一侧螺丝。硕大的箱子如果不能拉着走，对我们将是极大的考验，想到这才是我们21天远行的开始，我心中的焦虑无以言表。

婉旸也担心地看着我："妈妈，我们怎么办啊？""别着急，实在不行，我们去问讯处试试。"我一边安慰同样着急的女儿，一边想办法。

情急之中，我想起随身携带的曲别针，拿出来，仔细琢磨一下，将曲别针拉直，穿过螺丝孔，固定好拉杆与箱子，再把别针弯折过来，将随身携带的缝衣线弄成多股，一圈一圈缠好，结扣固定……起来试试，箱子竟能顺利地拉着走了。婉旸看着我："妈妈，你好厉害！"

就这样，这只箱子陪着我们从北京到纽约，到巴尔的摩，到克里夫兰，再返回纽约，最后回到北京，行程数万里。我们戏称：这是我们的"箱坚强"。

经过 13 个小时的飞行，当地时间下午 1 点，飞机在纽约肯尼迪机场安全着陆。我的心情忐忑茫然，不知道在这个陌生的国度里，我和女儿将度过怎样的 21 天。

我们随着大批旅客走向行李提取处，远远地，我惊喜地看到我们橘色的"箱坚强"竟已完好无损地躺在行李带上，心里立刻踏实了。由于在飞机上登记了携带方便面，我们被叫到旁边接受单独审查，很简单，完全是出于相互信任的问话："方便面确定不是鸡肉的？你确定没有蔬菜？没有水果？"没问题，走人。当然了，你要是隐瞒，一旦查出来，就会面临高额罚款。

经过暴风雨洗礼后的纽约，尽管随处可见一二十厘米厚的积雪，却丝毫没有影响它的工作效率。原以为需要两三个小时才能办完的入境手续，居然只用了半个小时。为我们办理入境手续的是个胖胖的女黑人，她非常友好，始终微笑着，一边跟着音乐轻轻地哼唱，随着音乐节奏晃动，一边向婉旸询问简单的问题。那是一首非常好听的英文歌，从纽约回来后，我一直寻找这首歌却无果。

从肯尼迪机场到曼哈顿，白茫茫的雪后景色，一路是北京六环以外的荒凉空旷，环顾车上各种肤色的"洋人"和满耳朵叽里呱啦的英语，有一种参与拍摄美国大片的感觉。放眼望去，唯有极目处隐约可见的高楼，才让人有些许到了美国的真实感。

开车的白人司机一边吃着东西，一边为车上乘客介绍路边比较著名的建筑，随意且友善，我惊讶的是每到一站，他都会挪动他那胖硕的身体，自然地开门、下车，帮着乘客从行李箱中提出行李，然后上车、关门、启动，依旧边吃边说……

汽车进入曼哈顿不久，停靠在一个站牌旁边，一位黑人已等在车站，他引领着我们，将我们送到另一辆车上。

此时，下午4点的曼哈顿，其窄窄的街道被摩天大楼拥簇着，阳光已成天外之物。车灯穿梭于暗淡的街景中，寻找着自己的目的地。车窗外陌生的街道，陌生的行人，还有橱窗下随处站着的黑人都使我惶恐，都令我不安，我越来越担心我们会成为国际人贩子的掌中之物。我扭头看婉旸，她竟也是一脸紧张。

汽车穿过几个街区，当大巴上只剩下我俩时，司机停车，下车帮我们提下箱子，然后指给我们，过马路，拐弯就到了。

去往巴尔的摩

清晨 5 点半，曼哈顿，这座繁华的世界大都市已经先于我们从沉睡中醒来，窗外，天色尚暗却灯光耀眼，曼哈顿的繁忙与喧嚣已初露端倪。我叫醒熟睡的女儿，借着房间微弱的灯光，我们匆匆收拾行李，准备乘坐火车去往巴尔的摩。

考虑到纽约之前遭遇暴风雪，为了安全起见，我们放弃了乘坐比较便宜的大巴去往巴尔的摩的计划，决定改乘火车前往。我们拖着沉重的箱子，绕过地上的积雪，仅五分钟就到达曼哈顿宾州（Penn Station）火车站。

我们初来乍到，就连之前的习惯也似乎变得陌生了。我们站在宾州火车站的大厅，茫然无措，不知该如何乘坐火车。婉唡向工作人员打听，对方微笑地抬手指着里面大厅："进去，坐下等待即可。"坐定后，我才发现，许多人在一块大电子屏下齐刷刷地高高仰着头，这才反应过来，原来，与国内的火车

这只箱子陪着我们从北京到纽约，到巴尔的摩，到克里夫兰，再返回纽约，最后回到北京，行程数万里。我们戏称：这是我们的"箱坚强"。

站一样，只需从大屏幕上查到自己的车次、站台即可。

7 点 5 分，我们乘坐的由曼哈顿开往华盛顿、途径巴尔的摩的火车准时开出。

这是婉旸在美国的第一场面试，出于对国外考试的不了解，加上语言不通，尤其耳闻巴尔的摩的不安全，以及对考试结果的不确定性，均令我心情异常压抑。

车窗外，白雪皑皑，视野辽阔。清早的天空，乌云压城，几近天黑，列车在清冷中冒雨颠簸前行，恰如我此时的心情，茫然、惶恐，却必须挣扎前行，不愿也已无法退缩。

婉旸也同样紧张，尽管已拿到中央音乐学院研究生的专业通行证，但放弃了文考、执意要来美国的她还是有些孤注一掷的悲壮！但毕竟是孩子，上车不久，她就忙不迭地教我怎样连接火车上的 wifi，并开始不停给老师、同学、姥姥发微信，描述一路所见。

两个半小时后，列车到达巴尔的摩。

这是个袖珍而古老的车站。站内古旧的木质长椅，老式的暖风机，墙上典雅昏黄的壁灯，无不使人有穿越到十七八世纪的幻觉。记忆中，只在多年前的旧电影中才有这样的场景，就连长椅上候车的两位老人也似乎依稀在哪个旧电影中见过……这奇特的异国景致使我非常喜欢，我拿起了相机。

婉旸却对这些没有兴趣，对她来讲，找到学校才是最重要的。我拍照时，她已经向站内警察问清了学校方位，距离车站仅 15

分钟。

雨还在滴落，环顾四周，寂静美丽的城市，清透湛蓝的天空，远处尖顶的哥特式教堂，心情顿觉轻松许多。撑开伞，沿着彩色石子路，绕过残留的积雪，我们边走边询问，原来，这是座17世纪欧洲移民的城市，难怪婉旸惊呼："怎么这么像我去过的奥地利霍恩呢！"

十几分钟后，远远看到背乐器的学生转过街角，前方不知哪一扇窗里随着琴键的敲击飞出串串音符，隐隐约约，辨不清旋律，却让我想象到那飞着的，是满满一捧梦想！"这勃拉姆斯弹得不错！"婉旸赞叹道，并加快了脚步……很快，我们看到了刻有学校名称的石碑。

在学校门口的车站，我们遇到一个等车的肩上背着大提琴的法国男孩，婉旸问他报到处在哪儿，男孩二话没说，立即返身带婉旸回到学校，一直陪了一个多小时，直到老师回来。办好面试手续，一位管留学生的老师亲自把我们送到预订的酒店门口。婉旸一直感慨："皮博迪的人怎么这么好啊！"

皮博迪（Peabody）音乐学院隶属于约翰·霍普金斯大学，1857年由乔治·皮博迪创建。这是全美创建最早的音乐学院，不仅拥有一大批杰出的专业教师，还拥有约翰·霍普金斯大学丰富的学术资源，其图书馆是世界上非常知名。百年来，学校在引了来自世界各地的大批优秀学生。在教师们的辛勤耕耘下，皮博迪人才辈出，声誉卓著，成为美国顶尖音乐学院之一。

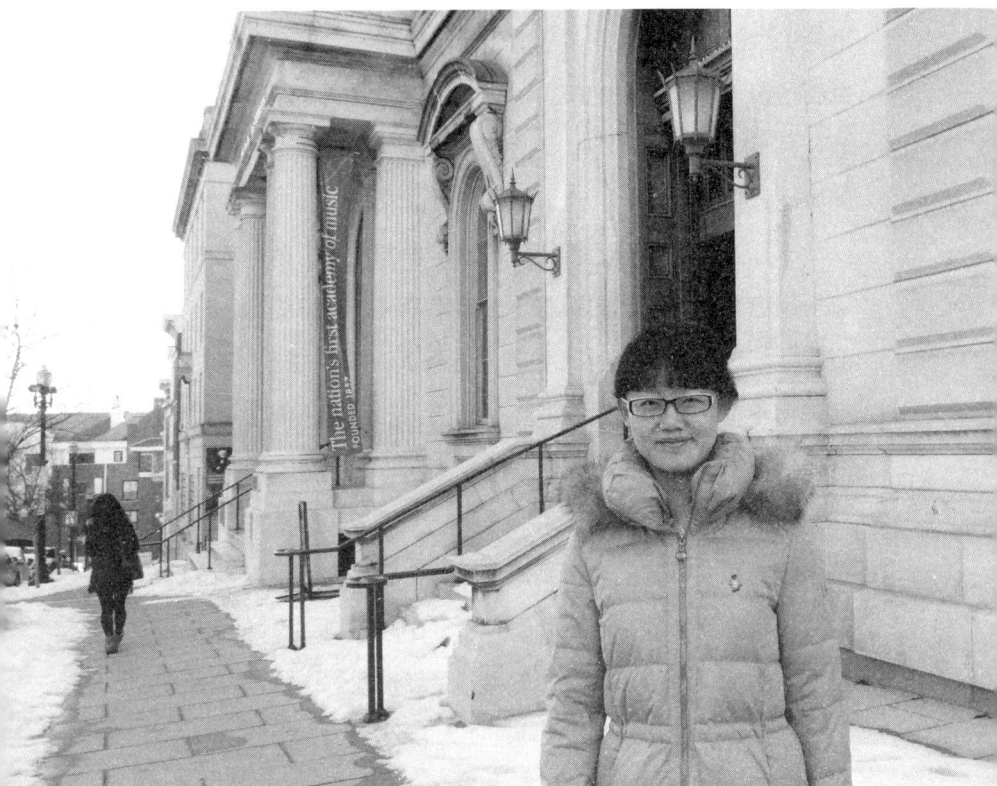

皮博迪音乐学院大门外，冷风阵阵，积雪处处，但我们的心中却流淌着温暖与美好。

这是婉旸自己选择的学校，究其原因，一是招收的中国学生较少，二是钢琴大师 Leon Fleisher 在此任教。

皮博迪音乐学院的面试分为四部分：专业演奏、视唱练耳、音乐理论、国际学生的英语测试。另外，婉旸还报考了伴奏的助教选拔考试。

从早晨 8 点开始，孩子们就忙碌在学校的各个角落，穿插参加各项考试。专业考试也包括四个部分：练习曲、奏鸣曲、复调、大型乐曲。晚上是助教考试，轮到婉旸时已是凌晨，连续的奔波使我已经感到极度疲乏，看看女儿，虽然她精神百倍、信心满满，但考完专业后却情绪有些低落，或许由于时差，婉旸说演奏时脑子有些混乱，错了好几个地方。

夜里 12 点半，婉旸最后一个结束助教考试，由于担心巴尔的摩的治安问题，我们自然不敢在凌晨回酒店，正不知所措，学校保安似乎看透了我们的心思，走过来说，他帮我们叫车。也就三两分钟工夫，校车就已经等在门口，司机五十多岁，是一位白种人，他友善地问清楚我们的去处后，便开动车子，送我们到了距学校步行只需三分钟的小酒店。

我让婉旸赶紧洗澡睡觉，我则连夜匆匆收拾行李。

第二天一大早，仍旧被浓浓的温暖包围着，6 点 20 分，我们拖着行李下楼，退房后正欲离开酒店，一位黑人服务员匆匆跑来拦住我们，指着餐厅门做了一个"请"的手势，让我们进去，并歉意地说，目前只有冷的早餐，如果我们不介意，可以先吃，他会尽快做好热餐拿给我们。其实我知道，早餐 7 点才开始，我们之前就没想过能吃到早餐，人家更是没有义务为我们提前做早餐的。在我们吃早饭时，头天托酒店帮我们预订的出租车已经等在门口。

离开巴尔的摩的那个清晨彩霞满天，这时，我才有些后悔，匆匆两天，我竟无暇也没有心情欣赏这座城市的美丽。虽时值冬末，满目荒凉，内心却是温暖的。路上，看到一队北回的大雁排成"人"字形，在湛蓝的天空低低飞翔，其清晰的翅膀在朝阳的映照下魔幻般舞动。只可惜，我来不及拍下它们。

坐在出租车上，我想，或许此生不会再来到这座城市，它留给我们的温暖，留给我们的故事，也许只有在记忆中去品味，去回忆。在机场，我买了两个当地手工制作的首饰盒，一个海星状，一个蜻蜓状，权当作为对这个城市温暖的留念吧。

入住希尔顿酒店

从巴尔的摩到克里夫兰大约飞行两个半小时，是美联航的小型客机。飞机很小，每排只能坐三个人，因此很颠簸，而且如同公交车，这拨人下飞机时，另一拨人已经等在门口。事后看婉旸发的微信，称是坐了一趟"过山机"。由于连日的奔波，休息不好，我开始嗓子剧痛、咳嗽。登机后，还没有起飞，我就靠在座位上睡着了，直到飞机降落。

婉旸看我醒来，一把抓住我的手："妈妈，吓死我了，飞机一直在剧烈抖动。我终于知道他们为什么一人发一张纸巾了，一定是让人拿来擦汗的。"

从机场到酒店，一路荒凉破旧，满目尽是如同破败的厂房，几乎不见楼房，印象中那个高楼大厦的繁华世界呢？我在心里嘀咕。听说克里夫兰的不安全程度在美国排名第四，忽然有些后悔来这里，扭头问女儿怎么会选择这所学校，婉旸很认真：

"因为它的钢琴专业很棒啊！"

不久，随着出租车的前行，路两旁的建筑物逐渐多了起来，偶尔也有三四层的楼房闪过。婉旸在国内预订酒店时，离克里夫兰音乐学院最近的酒店已经满员，只好预订了远一些的希尔顿酒店。虽然是希尔顿连锁，却是学校推荐的几个酒店里比较便宜的。我们两点多到达酒店，竟然爆满，需要等待 45 分钟有人退房后才能入住。

这个酒店是完全的木质结构，如同森林木屋，整个大厅满溢着木头的清香。服务也是相当到位，我们刚刚坐下，就有黑人服务员端来他们招牌的巧克力甜饼和矿泉水。在美国这个随处需要付小费的地方，我有些不知所措，婉旸却是一脸的兴奋与不以为然："哈哈，妈妈，我订这个酒店就是冲着他们的巧克力甜饼来的，白给你的，还不快吃！"

酒店房间很大，有两张超级豪华大床，之前我们很少带婉旸出游，自然也就很少住酒店。婉旸一边惊呼着"太豪华了"，一边用手机拍照。

我简单收拾一下，催促婉旸赶紧洗澡睡觉，保证充足的睡眠，以备后面的面试。而我，半夜惊醒，嗓子剧痛无比，感觉有些发烧，赶紧起来用咖啡机烧了热水，并冲了带来的清咽冲剂。几乎一整夜，我靠在床头上不断喝水，我担心自己病倒，更担心传染给婉旸，我要做女儿的坚强后盾，而不能成为女儿的累赘。其实，我自小就没本事熬夜，只要熬夜，必会发烧、扁桃腺发炎。

天大的事，我要睡醒、睡好再做。想想从昨天到今天只睡了三个小时，不生病也就奇怪了。

借着窗外微弱的灯光，我看到同样疲乏的女儿熟睡着，在静夜里，我甚至能听到她均匀的呼吸声。

面试时间是第三天，我们之所以匆匆离开巴尔的摩，是因为这里的酒店稍稍便宜。第二天起床后，当务之急就是找地方练琴，在皮博迪的面试中，婉旸弹的《肖邦第三钢琴奏鸣曲》有失误之处，因此她有些遗憾。这孩子太有主意，所有老师都不让她用这首奏鸣曲考试——技术难、背谱难、音乐表现更难，但她一直坚持，原因是喜欢极了这首曲子。虽然婉旸每次使用它都能获得好评，但也总会有小纰漏，尽管国外的学校对此并不会太在意。

酒店提供往返学校的免费班车半小时一趟，非常方便。

克里夫兰音乐学院面试

　　克里夫兰音乐学院（CIM）创建于 1920 年，虽然不如皮博迪的历史悠久，但也是所不错的音乐学院。毗邻的克里夫兰交响乐团是全美五大交响乐团之一，婉旸之所以选择这所学校，除了其出色的钢琴系外，就因为此了，她梦想着有一天能与这个优秀乐团同台演出。在北京时，在与德国著名的纽伦堡交响乐团同台后，婉旸就经常说："与顶级乐团演出，简直是一种享受！"

　　第二天，由于我发烧，我们仅仅在酒店周围转了一圈，原打算出去练琴也作罢，仔细想想，感觉婉旸问题不大，也就干脆放松了。这么多年，我们一直行走在路上，几乎没有停下的时间，舍不得时间旅游，舍不得时间逛街，更舍不得乱花钱，最不在乎的消费，就是上专业课和买各种书。出来面试，不用时刻督促婉旸抓紧时间练琴，反倒感觉轻松了许多。

克里夫兰大学城。

离酒店大约五百米处有个小超市，我们想买些吃的，进去才发现，里面竟全是布满一层薄薄尘土的罐头，收银和服务员都是五大三粗胖胖的黑人。我一直有些紧张，没办法，实在是被枪击案和黑人犯罪的宣传吓破了胆，而婉旸呢，却从容地把里面的食物看了个遍，直到我再三催促她才离开。回酒店的路上，我抓紧对她进行了详细的安全教育。没有买到吃的，回到酒店，我们泡了从国内带过来的方便面。

婉旸的面试时间是第三天上午 10 点。早晨 8 点半，婉旸提前预约好酒店的叫车服务，汽车准时将我们送到学校。进入校区才知道，克里夫兰大学城汇集着大约五十个机构，当然，最吸引我们的就是克里夫兰音乐学院和交响乐团了。

克里夫兰音乐学院的面试比起皮博迪音乐学院多了个欢迎会，主持人语速很快，且诸多的专业词汇，十几分钟的演讲，我只听懂了一句，就是中午将有一顿"Wonderful lunch（美味的午餐）"，凑合吃饭两天了，我俩都很兴奋。

10 点，婉旸开始活动手指，10 点半开始专业面试。在演奏厅外等待时，我们通过电视屏幕看到里面的舞台漂亮极了，演奏者的左边不是通常的一面墙或管风琴，而是一面玻璃墙，透过玻璃墙，能看到演奏厅外面的风景。坐在观众席上，不仅能欣赏演奏家的演出，还能看到窗外的景观。

婉旸自小看到舞台就兴奋，现在见了这么独特的舞台，更是激动得跃跃欲试。但是我很紧张，因为从外面的屏幕上能看到她。我看到婉旸从容地走上舞台，鞠躬、落座，一气呵成，就在婉旸弹奏声响起的一刹那，恰好一束阳光穿过窗外树林，透过玻璃墙，投向舞台，投到钢琴上，投到婉旸身上，我的女儿宛如林中仙女，淡定、优雅、从容，没有一丝紧张，完全沉浸到音乐的美好旋律中。随着琴声的旋律，台下的教授渐渐专注起来，不再交谈，目光投向婉旸。

接下来仍是英语程度测试（口试），然后是视唱练耳、乐理、和声、曲式分析等理论考试，每次出来，婉旸都不忘加一句："妈妈，听力考试弱爆了，十几小节的东西要弹好几遍。"婉旸在克里夫兰音乐学院考试的时间安排得很紧凑，基本是一项完了马上接着另一项，因此仅半天就结束了所有考试。

从克里夫兰音乐学院出来，我俩忽然有一种离开北京后从未有过的轻松，婉旸查了手机上的地图，酒店离我们并不远，我俩决定走回去。

这时，我才注意到，冬日的大学城静谧安详，树叶虽凋，草地尚绿，雪后的空气清冷新鲜，偶见仍未融化的片片白雪积聚在树下，四周随处可见的大胖松鼠惬意安然，任婉旸又叫又笑，始终不惊不慌，端坐吃食。

我和女儿边玩边走边拍照，被这趣景吸引着，几乎忘记了之前的紧张与担忧。

回到酒店，我主动给婉旸买了四罐包装精美的巧克力甜饼，婉旸很吃惊，我知道她吃惊的原因，她的妈妈竟然肯花这么多钱，给她买这么多的巧克力甜饼，对她来说，这无疑是一笔巨资。我突然有些可怜女儿，这些年来，我们舍不得浪费一点时间，舍不得浪费每一分钱。但与女儿专业有关的东西，我丝毫不会犹豫。偶尔买包装精美或很高档的礼物，也是送给帮助我们的朋友或老师。我经常跟女儿讲的一句话就是："等妈妈有了钱给你买。"女儿一直很懂事，从没有因此跟我矫情过、不高兴过。

在克里夫兰音乐学院，我们认识了一位其他音乐学院钢琴系的女孩，她与我们同住一个酒店，也是妈妈陪着，在聊天过程中，她妈妈突然问我找了学校的哪个老师。我心里一惊：难道在国外参加考试也要提前找老师吗？

自从决定出国以来，我与婉旸俩人奋战，一个学校一个学校仔细甄选，至于国外音乐学院的老师，我们自然无从认识。后来跟她们熟悉了，她妈妈告诉我，她们的目标学校是老师提前帮助联系并介绍的，他们提前一个月就来到美国跟老师上课了。

这件事使婉旸的情绪有些低落，我心里也有些郁闷，原来一直以为国外的考试是完全公平竞争的。但远在异国，语言不通，习俗又不了解，我能做的也只有安慰和鼓励女儿放平心态，坦然面对。

重返曼哈顿

　　从克里夫兰返回曼哈顿，不知飞机出了什么问题，一直不通知登机。环顾左右，提着简单行李的美国人静悄悄地站满了一片，偶有人交谈，也是窃窃低语，我甚至一度怀疑我们的飞机已经起飞，屡次让婉旸去询问。一个多小时的时间里，没有人愤怒吵闹，没有人大声喧哗。

　　登机后，飞机仍然迟迟不起飞，四周的美国人依旧静静地或看书或看电脑。我心急如焚，因为为了省点钱，我们要在费城转机，怕飞机晚点太多，我们赶不上下班飞机，同时又怕到曼哈顿太晚，天黑找不到我们预订的住处，相信在座的美国人，或也有与我一样的心情，但是，他们的淡定、他们的安静着实让我敬佩。

　　我似乎突然明白，我们这一路走来，遇到的关心和帮助原来不是没有缘由的。我想起那个捡到我们的照相机、一路追着

随处可见的大胖松鼠惬意安然，任婉旸又叫又笑，始终不惊不慌，端坐吃食。

还给我们的小男孩；想起我们下汽车后，从车上追下来送还我们落下的手套的漂亮姑娘；想起我们第一次乘坐地铁，手忙脚乱无从买票时，把自己的乘车卡送给我们，并亲自刷卡将我们送进站的那位先生；想起那个细雪飘飞的清晨，发烧咳嗽的我目送着女儿独自从我们住的 34 街到 89 街练琴时，那位冒雪过来问我是否需要帮助的女士……一路的感激和感动使我们在这陌生的国度、陌生的城市里徒增了许多温暖与安心。

在飞机上，我们邂逅了一位台湾女孩，相似的经历和专业，相同的梦想与追求，让两个孩子一见如故。女孩独自背着小提琴，辗转从台湾到旧金山到南加州，再到纽约。看着疲惫却信心满满的两个孩子，我突然感觉有些心酸与无奈——这些原本就没有童年、没有节假日的孩子，凭着十几年的苦练与努力，已然能过上比同龄人更优越的生活，但他们却不愿停下追逐梦想的脚步，他们盼望插上翱翔的翅膀，飞得更高，飞得更远！

重返曼哈顿次日，整整一天，婉旸都在搜索琴行，比较琴行的练琴费用，距离考试还有一周，这次我和婉旸都不敢再冒险一周不练琴了。附近最便宜的琴行也要每小时 30 美元，尽管价高，但终究是有地方练琴了。

琴行一般是头天预约，次日去练琴，我们一次约两小时。第一次去时，琴行留下我的信用卡信息，后来我们发现，只要预约完毕，我的信用卡就被扣掉 60 美金，甚至有一次他们改地方没有通知，我们没练琴也照例扣费。60 美金对我们来讲并不是小数目，为此，婉旸一直邮件联系琴行老板，据理力争让他退钱。

在曼哈顿上专业课

在曼哈顿练琴两三天后，我开始考虑是否鼓励婉旸联系一下曼哈顿的老师，但又担心无人引荐，适得其反，正左右为难时，婉旸意外收到了曼哈顿音乐学院和曼内斯音乐学院钢琴系主任的单独上课邀请，惊喜之余我俩调侃："这美国老师看来也缺钱。"

我们如约来到曼哈顿音乐学院，发现系主任 Silverman 已经把婉旸的名字登记在来访客人名单上，女儿不用再登记，直接到他的课室即可，我则只能在外面的大厅等候。一个半小时后，婉旸出来，径直跑到我旁边，兴奋地说："妈妈，Silverman 把我夸得一塌糊涂，说我是个 Great Pianist（伟大的钢琴家）！说特别喜欢我弹的肖邦奏鸣曲，细腻流畅，极有音乐感。还说我弹《黎明》时的表现也非常出色，弹出了交响乐的感觉。""别得意！赵老师不是说了吗？美国人就是喜欢夸人。"我很淡定。

在对女儿的教育问题上，往往她狂妄自得时，我会适时打击她，为她降降温。但她失意犹豫时，我则鼓励她不灰心、不放弃。

次日，我们来到位于曼哈顿上东区的曼内斯钢琴系主任 Dokovska 的家，婉旸独自上楼。我坐在楼下大厅沙发上，手里拿一份基本看不懂的《纽约时报》装模作样。刚刚换班的楼房保安大概见我坐在那里时间太久，很礼貌地走过来，用带口音的英语询问我，我努力了半天，还是一句不懂。他全然不顾一脸茫然的我，还是不懈地再三追问，这英语说的快拐到姥姥家了，真真是无法交流啊！我只好不再纠结于他的问题，一字一句字正腔圆地告诉他："I am waiting for my daughter（我正在等我女儿）!"这哥儿们才算释然，踏实回到自己保安的岗位去了。

两个小时后，我终于听到电梯的动静，看到电梯的数字由大到小迅速变换，期待又紧张，电梯门打开的瞬间，婉旸笑颜灿烂，还没等我开口，"妈妈，这美国人就是喜欢夸人，Dokovska 不仅夸奖了我弹的《黎明》和肖邦，还大夸了我弹的巴赫的《英国组曲》，她说我头脑清楚，声部清晰，每个舞曲的特点都把握得非常准确。当然，也不可能没有毛病。她也同时指出了我在演奏中个别细节上的问题，最后还说：'来我们学校吧，我们学校好，我们是在城里。'哈哈！"婉旸很开心。

令人感到意外的是，他们并没有收学费，这让我们感动的同时，也为我们曾经的揣测和调侃感到汗颜。

在曼哈顿这一周，真有些度日如年的感觉，婉旸除了每天练两小时琴，专业没考，自然也无心去玩儿，我们只是看看书，偶尔在酒店周围走走。在国内时，每天忙忙碌碌，感觉很多事情都来不及做，一天就过去了。习惯了每天练琴、上课、排练、演出的忙碌节奏，女儿说真是很不习惯这样的生活。

对于考试，特别值得一提的是，美国音乐学院的考试大多是错时进行的，考生可以按照自己的需求，在学校规定的面试时间里，与学校协商确定自己的时间。这种方式完全不像国内的几大音乐院校，为了争夺人才，一定要把考试时间安排在与中央音乐学院冲突的时间，让你只要报考了中央音乐学院，就一定要有破釜沉舟的勇气和不成功便成仁的决心，就得孤注一掷，休想再有保底学校。

回看天际云相逐

结束最后一场曼内斯音乐学院的面试，我们都有一种经历了持久战之后即将胜利的兴奋与期待。这时，我们突然意识到，在经过筛选后，放弃一些学校的面试实在是个明智之举。

傍晚，我两一起回到酒店，都有一种前所未有的轻松，一直聊天到深夜。一下放松下来，还真有些不习惯，婉旸也有些失落："没想到这么快就要离开中央音乐学院了，我还没待够呢！"

是呀，自从婉旸在那篇命题作文《十年之后的我》中，无知无畏地预测了十年之后，她将是中央音乐学院的学生后，我们就与中央音乐学院结下了不解之缘，甚至与一些老师情同亲人。

十年的艰辛和努力，十年的收获与荣誉，皆源于女儿的执着与我的坚持！陪伴着我们一步一个脚印、一步一个台阶走到今天的，还有老师的精心耐心，亲人的无条件支持，以及朋友们的热心帮助！在我们的音乐之路上，从最初我和女儿的孤军奋战到有越来越多的朋友，甚至素昧平生的人都加入到帮助我们的队伍中，才成就了今天的我们！

终于能够回家了！我其实是个惰性很大的人，往往喜欢待在一个地方。出于对美国没有缘由的恐惧，更是从没有想过会到美国，而且在异国他乡的这块地方，一待就是21天！

21天的美国之行留下许多感念——亲人一路无微不至的叮嘱、关心和帮助，美国民众的友好与善意……就连最后经历的一点点不和谐也有了完满的结果。在我们准备登上国航飞机的那一刻，我收到了短信通知，是曼哈顿那个琴行将多收的练琴费用退给了我们。这些温暖的经历永远留在我们的记忆中，将会促使我们继续善待他人，更加热爱生活。这些年来，我倾其所有、孤注一掷地与女儿一起成长，一起奋斗，只为我和女儿的共同梦想。我希望女儿快乐成长，希望女儿在她热爱的事业上有所建树，为国争光！

从美国回来之后，我决定尽一切所能帮助并支持女儿去美国读书。

对我们来讲，无论后面是什么样的结果都已不重要，过往所有的经历都将永远是我们生命中一抹挥之不去的美丽风景。这一切，将是我们生命中永远难忘的美丽故事。对女儿来讲，这是她人生旅途中一份重要的财富和经历。

选择学校

3月底，我们陆续收到美国音乐学院的录取通知书。选择学校就成了当务之急，我们必须在学校要求的时间之前，给予学校肯定的答复。

根据学校的基本情况和地理位置，我们去面试的感受，以及对老师的了解和对学校的印象，我们权衡利弊，最终选择了曼内斯和皮博迪音乐学院。其实，凭面试的经历和对学校的了解，我们是倾向于皮博迪的，不仅仅因为它的总校约翰·霍普金斯大学的名气、音乐学院的排名和它悠久的历史，更重要的是，它还有钢琴大师 Leon Fleisher 在此任教。皮博迪音乐学院对我们来说有一种莫名的亲近感，我们在那里得到的帮助最多，同时，我感觉学校的管理运作井然有序。但是，我最担心的还是巴尔的摩的安全问题。

曼尼斯音乐学院虽然是我们这次面试学校中最小的一所，

全校只有三百多人，但却小而精，曾出了许多享誉世界的音乐名人，教师里也不乏我们知道的名师，如世界著名钢琴大师Richard Goode。这里曾经是婉旸的第一目标学校，她选择这所学校的原因，除了有著名教师外，还考虑到总体学生数量少，教师水平高，压力小，给学生上课的保证度应该比较高。

尽管峰回路转，主动权转到了我们手里，但是选择的过程却是艰难的，这两所学校的优秀让我们难以取舍。曼尼斯音乐学院的不足之处是学校小、琴房少，将来练琴可能是个较大问题。婉旸嘻嘻哈哈："要不，妈妈，我们抓阄吧，用抓阄的方式来确定怎么样？"然后迅速写了两个纸条，我俩边玩边抓阄，结果呢，基本对半。

最后我们商量，给学校发邮件，看哪个钢琴大师能教婉旸，以此作为最终结果。很快，我们收到了皮博迪音乐学院的邮件，说由于婉旸面试时的出色表现，学校的一位老师 Seth Knopp 指名要收她做学生。学校非常负责，一再强调是老师选择了她，这种现象在学校并不多见，希望她能慎重考虑。

皮博迪音乐学院的回复似一枚无形砝码一下子倾斜了我们选择的天平，婉旸立即登录学校网站，搜索她未来的主科老师 Seth Knopp 教授，这一搜，让她吃惊不小，原来，Seth Knopp 教授是大师 Leon Fleisher 的得意弟子，也是美国著名音乐节——Yellow Barn 音乐节的艺术总监。这简直就是缘分了，是音乐之缘为大洋两岸的这对师生，为远隔万里的这一老一少架起了相互信任的桥梁。"我就说嘛，"婉旸很自豪，"全美研究生排名第一的学校，老师一定很牛！"

学校确定下来，接下来的日子就是带着婉旸锻炼，我要全力帮助我的女儿准备迎接新的挑战，适应新的生活。只有女儿有一个更加强健的身体，离开我的日子，我才能安心。

这是从婉旸学琴之始，我们最轻松、最惬意、最自由的日子。我每天清早带着婉旸在香山，在小区花园，爬山跑步、拍照聊天。生活，美好且充满希望。

极目天际高 芳草碧连天

6月，毕业季。有人说的好，毕业，意味着结束一段旧的旅程，开启一段新的生活。

记不清这是我第几次坐在中央音乐学院的演奏厅，但这必是婉旸最后一次以学生身份登上中央音乐学院 1001 演奏厅的舞台。几乎整整一天，婉旸除了走台、练琴，就是不断试穿自己的礼服，一件件、一遍遍……看着如此认真的婉旸，我知道，她是因为心存诸多不舍：学校的每个演奏厅都留下她的身影，钢琴系的每个角落都有她的故事。

自从入学以来，婉旸从作为学校七十年校庆的志愿者，到每年招生考试的工作人员，只为一个愿望：让参加活动的老师、同学感受到中央音乐学院的温暖，不再使他们像自己当年的入学考试那样，来不及吃饭，无处活动手指，甚至上台后连视奏谱都被翻掉。

这是从婉旸学琴之始，我们最轻松、最惬意、最自由的日子。我每天清早带着婉
旸在香山，在小区花园，爬山跑步、拍照聊天。生活，美好且充满希望。

也正因为此，婉旸与系里的许多老师都建立了融洽的师生友情。婉旸在学校期间，我收到最多的微信是："亲爱的小妈妈，别等我，在系里跟老师蹭饭了。"练琴累了饿了，女儿甚至可以到系里的食品柜里寻找零食。

　　演奏前，我默默帮婉旸准备着，检查录像机、照相机是否充好电，乐谱有没有装好，这是婉旸多年上台演奏的习惯，不管演出或是比赛，婉旸是一定要带着乐谱，哪怕现场她不看，但感觉她心里是"有谱"的。

　　走进演奏厅，我一再确认所有电子设备已经静音，然后选择最靠后的角落坐下来。多年来，婉旸的演奏会，我一直习惯且喜欢静静地坐在后面，静静地聆听，待结束时，第一时间离开而不去打扰她。

　　这一次的不同使婉旸更加珍惜。由于过于重视这次演出，婉旸也很紧张，但多年的训练使她已经形成了固定程序，用婉旸的话说：就是紧张死了，也不会忘记——只见婉旸身着黑色礼服款款上台，微笑、鞠躬、落座……但她开始得并不顺利，勃拉姆斯的八首钢琴小品第一首就出现失误，丢音、错音……随着慢慢进入状态，婉旸的弹奏逐渐顺畅起来。老师说，婉旸适合弹勃拉姆斯，能把他的柔情表现得淋漓尽致，随后是舒曼、肖邦，都是婉旸最喜爱的曲子……随着最后一个音符的落下，婉旸为她的大学生活画上了完美句号。

　　已值 6 月，天气不冷不热，阳光温暖安然。演奏厅的东面，题为"记忆留夏"的长长照片墙上，贴满了应届毕业生的照片，个个青春芳华，与乐器相伴。挨个寻过去，婉旸红衣笑颜，宛如盛开的山茶依傍于钢琴一侧，自信坚决。

昔日的醇亲王府，今日的中央音乐学院，那厚重古朴的大殿早已被用作学院礼堂兼演奏厅。上午 10 点，全体毕业生和家长以及学院领导进入演奏厅。校长王次炤等依次讲话，为学生颁发毕业证书，合影留念。中央音乐学院钢琴系钢琴专业本科，本届招收学生 20 名，毕业 19 人。

17 年，整整 17 年，我的女儿与钢琴相伴。她的琴声穿透四时风景，越过春夏秋冬，经历过寒冷刺骨的冬，也经历了繁花似锦的春。往事如画，过去的一幕幕仿佛就在不远的昨天。

17 年，时光如梭，就在每日的坚持中，匆匆转瞬；就在每日的坚持中，满满收获。我们重新走过中央音乐学院各个角落，拍照留念。

此去，极目天际高，芳草碧连天。

已值6月，天气似乎亦知人意，不冷不热，阳光温暖安然。演奏厅的东面题为"记忆留夏"的长长照片墙上，贴满应届毕业生的照片，个个青春芳华，与乐器相伴。挨个寻过去，婉旸红衣笑颜，宛如盛开的山茶依傍于钢琴一侧，自信坚决。

后　记

　　带着女儿去北京学钢琴之初，除了找到一位好老师——赵屏国教授外，我们对音乐学院一无所知，不知道考试考什么；不知道除了专业课外，其他课怎么上；更不知道是否真如社会上的传闻，不花够钱根本与音乐学院无缘……

　　正因为此，我写这本书的初衷，就是希望与我们一样热爱音乐、渴望进入中央音乐学院，却又无从着手的孩子得到一些帮助，希望他们不要再像我们一样走弯路。

　　有了这个想法，女儿出国后，在周围同学、朋友的鼓励下，我就开始着手写作，断断续续、写写停停，并不是很用心。但这期间，我接触了很多孩子家长，他们对孩子教育的困惑和误区，对孩子学琴、练琴瓶颈期的无奈，让我改变了自己最初的想法，使我越发感觉到自己肩负的责任，开始认真对待写作这件事。

　　我非常感谢阳光出版社的朋友们，我们从陌生到相识到相知，在他们的敦促和帮助下，我重新以女儿的梦想为主线，从孩子出生后的教育写到未来道路的选择，以及我们走上专业之路后的经历。最终，在女儿实现了她的梦想——考入美国顶尖的音乐学院后的两年时间里，我也实现了我的愿望——完成了《钢琴女孩成长记》的写作。

当然，每个孩子都是独特的个体，都有自己不同的成长环境，对别人的教育经验只能参考不应照搬，不可盲从，也不能复制，唯期待我们的经历能给感兴趣的家长一些启发。

藉此，再次感谢所有帮助过我们的朋友！

杨汝青

2017 年 5 月 1 日